美貌と処世

Bibou to Shosei

林真理子

Mariko Hayashi

文藝春秋

目次

スターの結婚

ニュースの中心

イラストレーション　末宗美香子
ブックデザイン　野中深雪

美貌と処世

スターの結婚

……

太眉の人

一年ぐらい前、クイズ番組で突然石原真理子さんが現れた時は、本当にびっくりした。「イタい」を通り越して、もはや「激痛」という感じ。

「見てはいけないものを見た、っていうところかしら。あんなに綺麗なコだったのにねえ」

と友人に話したことを憶えている。

そして昨日、今日、テレビのワイドショーは石原さん一色に染まったといってもいい。過去の男性遍歴を書いた暴露本をお出しになったそうだ。

過去のビデオがいっぱい流れる。四十二歳の彼女は二十歳の時と全く同じヘアスタイル、化粧だ。長いストレートヘア、太い眉。まるで女性誌の、

「人ってこういう風に老けていくんです」

という図解説明みたい。

失礼を重々承知で申し上げますけれど、ある程度いいおうちの、独身の女性に時々こんな方がいますね。地方だと旧家、東京だと世田谷あたりの古い大きなおうちに住んでいる。艶がすっかりなくなったのに長い髪をそのまま伸ばし、かなり流行遅れの格好で出てきて、皆をギョッとさせる。

近所の人からは、

「昔はそれはお綺麗なお嬢さんだったのにねえ……」

と私が言ったようなことを言われ、通学途中の小学生からは、

「ちょっとコワいおばさんが住んでる」

と噂されている。

おそらく石原さんの時間は、彼女がいちばん美しく、恋をたくさんしていた二十代の時で止まっていたのであろう。

ワイドショーのコメントの中で、さすがやくみつるさんのが秀逸であった。

「いやあ、昆虫の生態図鑑見せてもらったような気がしますよ」

と、とても嬉しそうだ。

「芸能界というところでは、生物が挨拶がわりにすぐまぐわうってことがよくわかりました。いやあ、羨しい業界ですねー」

思わず声をたてて笑ってしまった。それにひきかえ、女性コメンテーターたちはすごくつま

らない（まあ面白い女性コメンテーターなんているわけないけれど）。みんな困惑したように目を伏せこう言う。

「恋は秘めごとですから、何も一方的にこういうことをお書きになることはないんじゃないでしょうか」

そうだよなあ、こういうことが許されるのは、私ら女の物書きだけであろう。

もちろん露骨に何かを書いたりすることはないが、強く印象に残ったり、深くかかわりを持った男性は、凝視され、解体され、その骨や肉片は小説のあちこちに使われるのである。

石原さんの場合は、作家ではないし、あまりにもゴージャスな食材なので、そのまま生で使ったということらしい。

そして同じ日に、スポーツ紙を見ていたら「山本モナ復活」とあった。

山本モナさんのことはご存知であろう。ほとんどの人が顔を知らないうちに、またたく間に、日本で何番めかに有名なキャスターになった。例の不倫報道で騒がれた女性だ。

彼女が、所属事務所のビートたけしの肝煎《きもい》りで、カムバックすると以前聞いた時、私はあまりいい印象を持たなかった。

だってそうでしょう。権力ある男に近づいて、その男といちゃついて失敗した女性である。それが今度は、別の権力を持った男性に縋《すが》って復活を計画しているのである。

世の中の女はこういう時、実にシビアにその女性を見るはずだ。どん底にいったん落ちた女性が、どういう風に這い上がってくるか、よおく観察している。

しかしモナちゃんはしてはいけないことをしてしまった。

「あのコ、ずうっと同性からは支持されないと思うよ。あんな風に、また男の権力に寄り添っていったんだもの」

私が言ったら、まわりの女性たちも同意してくれたはずだ。

が、今日のスポーツ紙を見て私は考えを変えた。なんとモナちゃんはスイカのかぶりものをしていたのである。これは、

「いくらでも叩いていいキャラ」

ということの象徴らしい。ビートたけしが考えついたのであろう。

私は感動した。一度は美人キャスターとして登場した女性である。知性を売り物にして「ニュース23」のレギュラーになったはずである。それなのに、今はスイカをかぶって笑っている。さすがは大阪局のアナウンサーだった女性である。根性が違う。どんなことをしても中央のテレビに出てやるんだという気迫に溢れている。

「えらい、モナ」

私は思わず声をかけた。

ここまでやるんなら、私も応援してやろうではないか。

そうだ、女は復活の時にその真価を試されるのである。

それにしても、石原真理子さん、見ていて本当につらかったよなあ。記者会見を見ていて、心から思った。若い時と同じヘアスタイルをするのは絶対によそう。人は変化している。人の心も変化している。二十年前は愛してくれたかもしれないが、今はいとわしく思っているかもしれない。そんなあたり前のこと、太眉の彼女はどうして気づかないんだろう。

青い山脈

この何日か、本当に気分が重かった。なぜかというと、連載小説の中に、誤植が四ケ所も発見されたからである。

いつもちゃらんぽらんなことをしているようであるが、私だって仕事に関しては真面目になる。誤植というのは、作家にとってかなり恥ずかしい失敗である。

こういう時、気持ちの持っていき場がなく、やっぱり担当編集者にヤツあたりかしらん。

「こんな初歩的な誤植、どうして気づいてくれなかったの」

「すいません」

「私が気をつけなきゃいけないのはわかってるけど、最終的にはそちらにもプロの校閲の方がいるんだし」

「そうなんですよ。でもいつもギリギリに見るもんですから。もうちょっと時間があったら、きっちり校正出来るはずなんですよね……」

グーの音も出ない。つまるところ、いつも〆切りを守らない私がいけないのだ。すいません……。

が、言いわけさせてもらうと、もうひとつ原因があるかも。このところ老眼が始まり、文字がぼうっとかすんでしまう。細かいほんのひと文字を間違えてしまうのだ。全く寄る年波には勝てません。

が、それなのにこの私がなんとセーラー服を着ることになった。例によってサエグサさんから電話がかかってきたのである。

「ハヤシさん、僕たち学生になるんだよ。ハヤシさんはセーラー服を着て、僕は詰衿を着るのさ」

何のことかわからない。サエグサさんだけがえらく興奮しているのである。

「下関のオープンカレッジでポスターをつくるんだけど、今度のテーマは『教育』だから、企画委員長のアキモトさんが、『青い山脈』のイメージでポスターをつくりたいって」

サエグサさんが幹事長を務めている文化人の団体「エンジン01《ゼロワン》」のことは何度もお話ししていると思う。いろいろな活動をしているが、その最も大きなものは「オープンカレッジ」だ。一、二年に一度、どこかの地方で大規模なオープンカレッジを行なう。百人近いアーティストや学者が集まり、二十ほどのシンポジウムを開く。来年の二月は下関で三日間にわたりこの催しが行なわれるのだ。

「それでポスターの中で、ハヤシさんに絶対にセーラー服着て欲しいんだって。それから僕たち、キスシーンを撮られるらしい。アートディレクターからの注文だよ」

「えー、ウソでしょう」

なんで私とサエグサさんがキスをしなきゃいけないんだ。夫に言ったら本気で怒った。もちろん嫉妬ゆえではない。

「教育問題やろうっていうのに、どうしてそんなおふざけやるんだ。そんな気持ち悪いもん、誰も喜ばないぞ」

さてその撮影がおととい行なわれた。松濤スタジオ、稲越功一さんカメラという豪華版。ちなみにアートディレクターは浅葉克己さん、コピーは眞木準さんという、今の広告界の最高峰が並んだ。私とサエグサさんにモデル料がないのはあたり前として、この方々もエンジン01のメンバーゆえにノーギャラなのである。

ヘアメイクもちゃんと用意してもらった。いつものとおり、何もしないで行ったら、

「ハヤシさん、寝グセがいっぱい。でもこれも高校生らしくていいですね」

と笑われた。そしていよいよセーラー服を着る。高校は背広型だったので、これをまとうのは中学卒業以来。なんと三十七年前のことになる。白いリボンのセーラー服だ。

「ま、いいじゃない。吉沢京子ちゃん風に撮ってもらおう」

と言ったら、若いスタッフたちは、

「吉沢京子って誰ですか」

だって。本当に歳月がたってしまったのね。

鏡の中にはセーラー服を着たヘンなおばさんが……。発見があった。セーラー衿というのは、ものすごく顔を大きく見せる。斜めに線が走っているからだ。中年になって大きな顔が、ますますデカくなった。

が、こんな私でもセーラー服の威力はすごかった。詰衿のサエグサさんがかなり本気で迫ってきたのである。

「スカートまくりさせてよ！」

「そんなウエクサ先生みたいなこと、言わないでくださいよッ」

もちろんキスシーンはなく、二人で手をつないだ写真を撮った。最後に自分も詰衿を着てモデルをつとめたアサバさんとスリーショット。この時、二人は両側から私の胸をさわろうとするではないかッ。目がギラギラしている。

「何すんのよォ、やめてーッ」

と、私は怒鳴った。

アサバさんはともかく、サエグサさんがこんなことをするとは思わなかったわ。しかしセーラー服を私が脱いだとたん、

「じゃ、来週ね。どうもお疲れー」

二人とも私の方を見ようともしない。本当、セーラー服は魔法の衣服なのである。

ちなみにポラを夫に見せようとしたところ、

「そんなおぞましいもん、見たくない」

と拒否された。今、そのポラは私の財布の中にあり、希望者にはお見せしている。まあたいていの人が絶句し、

「ハヤシさん、結構似合いますよ……」

とお世辞を言う。その苦し気な表情を見るのはわりと楽しい。

………

飲んじゃうぞ

今年の冬はとてもあったかいうえに、道路も混んでいない。おかげで暮れ、という感じがまるでしないのである。

表参道のイルミネーションが復活したというので、タクシーで帰る時いつも別の道を通ってもらっていた。ところがある時運転手さんから、

「お客さん、表参道大丈夫だよ。すんなり行けるよ」

と言われ、通ってもらったところ確かに渋滞はなかった。今年のイルミネーションは、白っぽい行燈《あんどん》みたいなあかりでパッとしない。運転手さんが、

「え、どこにイルミネーションがあるの」

と探すぐらいだ。ケヤキの木を保護するために、豆電球を枝や幹に巻きつける方式をやめたようだ。

昔はすごかったよなア。イルミネーション見物にやってくる車と人で、表参道はごったがえしていた。当時は原宿に住んでいたので、不便なことこの上なかった。毎年クリスマスが近づくと、地下鉄で帰ったものだ。

うちの夫などイヴの日にわざわざ車で出かけ、

「表参道を抜けるのに一時間半かかった」

などと激怒したものだ。

さて今年の暮れは、忘年会が本当に多い。おとといは、ワイン会の仲間との忘年会である。みんながワインを一本ずつ持ち寄って、お店の代金はワリカンにする、という会則だ。私以外はお金持ちでワインに詳しい人ばかりで、毎回ものすごいものが並ぶ。よってつい飲み過ぎてしまうのである。

「今年は最後だから、よかったらうちでホームパーティーをしましょう」

とおっしゃってくれたのは、私たちの指南役である、ワインプロデューサーのA氏である。この方のおうちは閑静な住宅地の中の、奥まったところに建っている一軒屋だ。私のタクシーの運転手さんは、ナビで調べてすぐに行ってくれたのであるが、他のメンバー二人は悲惨だった。やる気のない運転手さんに、ぐるぐるとあたりをまわられ、揚句の果て「わからないから」と降ろされたのだ。それもとんでもなく遠い場所であった。真暗な住宅地だから、目印になるものが何もない。最後のひとりがたどりついたのが、なんと九時であった。七時半スタートのディナーがすっかり遅れてしまったのである。

この日のテーマは「カリフォルニア」ということで、比較的気軽なワインが多い。といっても、あのカルトワイン「スクリーミング・イーグル」をひとりが持ってきてくれた。

そのうえA氏も自分のセラーからいろいろ出してくださったので、ひとりあたま一本半は飲んだのではないだろうか。

次の日は当然のことながら、二日酔いになっている。私はワインにはとても強いが、シャンパンには弱い体質だということをこのあいだ知った。というのは先週のこと、またもや忘年会ということで、何軒かのお店をハシゴした。えらい人と一緒だったので、どこも歓迎の意味でシャンパンを出してくれた。四つのお店に行ったから、女四人で七本ぐらいのシャンパンを飲んだことになる。次の日の二日酔いは尋常ではなかった。朝の六時に起き、飛行機で札幌に向かったのであるが、機内では吐き気との戦いであった。贅沢な話であるが、シャンパンはもう当分よそうと思ったぐらいだ。

が、この頃どこのお店でも、乾杯はまずシャンパンということになる。そしてそのままずるずるとシャンパンを飲んでしまう。そんなわけでおとといも二日酔いになったのである。

二日酔いが抜けないまま、昨夜も親しい人だけの忘年会。男三人、女三人という組み合わせである。シャンパン、白、赤とワインが続く。ものすごくはしゃいで飲んで、よれよれと帰ってきた。

この頃、どうしてこんなにお酒を飲んでしまうのであろうか。

古くからの読者の方は、こう言うであろう。

「このあいだまで、ダイエットのためにお酒を飲まなかったんじゃないの？　飲むとしても、安いもんは飲まない。原則として、入手困難な日本酒、もしくは三万円以上のワインのみ、特例としてもったいないから飲んじゃうんじゃなかったの？」

確かにそのとおりだったのに、この頃は安いものでもお構いなしに飲む。

和食の時はビールや日本酒がないと淋しいし、イタリアンやフレンチの時は必ずワインを頼む。女の人とふたりきりで行って、

「私、お酒がだめなの」

と言われた時はグラスでワインを頼む。

もっともうちの呑んべえの夫に言わせると、

「グラスワインぐらい高くつくものはない」

そうだ。どうってことのないハウスワインでも、一杯千円はとる。それならば五千円出して、一本ボトルを頼んだ方がずっと得だという。なるほど、などと思い出しながら一瓶オーダーすることも多い。

「あれ、ハヤシさん飲まないんじゃなかった？」

という人もたまにはいて、私はこう答えることにした。

「ずうっとだらだらと何十年もダイエットしてきたわ。そして気づいたの。元気でおいしいお酒を飲めるのも、あと二十年。ううん十年だっていうことに。だったら私、もう飲んじゃうことにしたのよ」

みんな、そうかァ、そうよねえと頷く。

来週も忘年会が二回ある。今年知り合った、うんとカッコいい男性と一緒だ。高級居酒屋だが、ワインの持ち込みも可能らしい。よーし、うんと飲むぞ。長いこと、私ひとりだけ飲まずに、よくまわりをシラケさせた。ずうっと観察されているようでイヤ、と文句を言われた。が、最近の私は次の日、女友だちから電話が入る。

「アンタさ、ちょっとノリ過ぎだよ。もうちょっと自重したら」

元々のキャラクターが、お酒によって出てしまったらしい。

忘れない

あけましておめでとうございます。

昨年は皆さまのおかげで、この連載も一千回を迎えることが出来た。こうなったからにはギネスにのるぐらいの長寿連載にしたいものだ。

幸いなことに、私の場合スタートが三十歳そこそこであった。今考えるとこの若さで、権威と人気を誇る「週刊文春」にページをもたせてもらえるとは、なんと幸せなことであったろう。

あの頃担当してくれていたイイクボ青年は入社して日が浅かったのに、なんと今は「文藝春秋」本誌の編集長である。若い時からエラそうだったハトリ青年は、「オール讀物」の編集長として、ますますエラそうにしている。

全く月日のたつのは早いもの。

そんな感慨を深くしながら、昨年の暮れ年賀状をしたためていた。

しかし今年の私と昨年の私とは違う。前にお話ししたとおり、老眼が始まったのである。年賀状のあて名書きをしている最中、「松濤」という住所のところでハタと困った。

「松濤」というのは、東京を代表する高級住宅地である。渋谷駅のすぐ近くにあるにもかかわらず、閑静なお邸《やしき》街が続いているところだ。

この「閑静な」という言葉で思い出したことがある。つい最近、三角関係のもつれから中年男女の殺人事件があった。場所は市営住宅である。ニュースには、失礼ではあるが地方のシャビーな一角が映っている。が、ナレーションが、

「事件は閑静な住宅地で起こりました」

だと。びっくりした。閑静という言葉には高級感が加味されると思っていたからである……。

そんな話はどうでもいい。年とってくると関係ないところへすぐ飛んでしまう。

さて、本当にこの「松濤」という文字が書けないのである。困った。

ふだんの私は、漢字のことはかなり諦めている。「憂鬱《ゆううつ》」の「鬱」など、はなから書けないものとして、「うつ、よろしく」とメモしておく。すると編集者の人がちゃんと漢字に直してくれている。

私が思うにパソコンを使うようになってから、小説に無意味な漢字が増えたと思う。その点私ら手書き派は、基本的に自分が自然に書ける範囲のものしか使わない。もしくはちょっと辞書を引くぐらい。よって目にやさしいといおうか、すんなりと肉体に入っていってくれると思

うのだがどうであろうか……。

いけない、また関係ないところにいってしまった。

とにかく私は「松濤」の濤の字が書けなかったのである。原稿なら適当に書いておくのであるが、なにしろこれは年賀状の表面だ。誤魔化しはきかない。

こういう場合どうするか。てっとり早く携帯でメールをうち、「しょうとう」と出してみたのである。が、老眼に細かいデジタル文字はつらい。書いたことのない文字は無理だったかも。

仕方なく私は、漢和辞典を取り出してみたが、これも字がとても小さく、肝心のゴチャゴチャしたところはわからない。仕事場へ行くと、大きい文字の辞書があるのであるが、遅い時間に行くのはめんどうくさい。よって私は二名の「松濤」方面の年賀状を後まわしにすることにした。

次の日、お正月のものを買いに、渋谷の東急本店へ。ここは後ろに松濤地区を控えているため、お金持ちのお客が多いことで知られている。いつ行っても空いているのがよいが、聞いたところによると、あそこのお店は外商の売り上げがすごいので、私ら一般人が来なくても、どうということはないそうだ。

デパ地下でいろいろ買い、レジのところで待っている時だ。私は「おー、やった」と、思わず大声をあげていたのである。そこに置いてあったのは、東急本店だけのチラシ。見よ、そこには大きな字でチラシのタイトルが。「松濤倶楽部」だと。贅沢な食料品のご案内である。

はっきり、くっきりと大きな「松濤」の文字。この喜びをわかっていただけるだろうか。こうして私は先ほどからこの原稿に正確な「松濤」を何度も書けるのである。

そして年賀状を書いていて、さらにわかったことがあった。疎遠になった男性が何人かいる。あれほど仲よくしていて、食事やお酒によく一緒に出かけていたのに、今は電話一本もない。理由はわかっている。彼の女性関係を私が注意したためだ。

私はつくづく思うのであるが、インテリといわれる男性ほど、どうしてくだらない女にひっかかるのであろうか。

私は親切にいろいろ忠告してやるのであるが、そのたびに恨みを買って相手から疎《うと》んじられてしまうのである。もちろん馬鹿なことを言っているのは百も承知だ。

かの渡辺淳一先生もおっしゃっている。

「寝たこともない人間が、その相手について何かいうほど、無意味でくだらないことはない」

私はこの名言を、相手のメールにそのままうってやったら、それきりになってしまったが、それでも私は知りたい。作家として女として本当に知りたい。

インテリで、イヤというほど知識を持ち、分別も社会的地位もある男性が、どうしてあのテの女にひっかかるのであろうか。私はこう結論づけた。

「男はえらくなるほど、ずぶぶぶと落ちていく快感を得たい」

そうすることで精神のバランスをとっていくのではなかろうか。ま、それは仕方ないかもしれないと、次の年賀状に手を伸ばす。このカタマリは仕事関係のもので、ハタケヤマがもうあて名を書き、切手も貼ってくれている。私は添え書きをするだけだが、五分の一以上の人が、誰だか思い出せないのである。記憶力ものすごい勢いで減退している。あいかわらず盛んなのは食い意地だけ。

「ほら、お歳暮にもらった芋けんぴ、まだ一袋残ってるはず」

こっちの方は、どんな細かいことも憶えている。

……………

新年のホラー

まだ若い妻が、自分の夫を殺して死体を切断したという。

このあいだも、兄の妹殺しという事件があったばかりであるが、こちらの方はあまりのおぞましさに、みんなひいてしまったという感じ。それよりも、マスコミと世間の心をいっきにかきたてているのが、この「夫殺し」ではあるまいか。

私のまわりでも、妹殺しよりも、夫殺しの方が身近であり（？）関心が高いようである。みんなああだ、こうだと言っている。まあ、誰もが口にするのは、そんなに夫が嫌いなら、離婚すればいいではないかということだ。離婚に時間がかかりそうならば、さっさと家を出ればいい。

「今どきバツイチ女になるなんて、どうってことないのに、どうして殺人者になるんだろう」

全く不可解な事件である。が、私は思った。ひょっとすると、この妻、人を殺したり、切り刻んだりするのが好きなんじゃないか。そうとしか考えられない。

すべての人が、人を殺すなどということは出来ず、ましてや死体を分解するなんて不可能だ、というのが実は間違いで、そういう嗜好を持った人は何人かいるのではないか。しかもそれは異常サディストの殺人者レベルではなく、ごくふつうの人の中にも、潜んでいるのではないか。

「この夫、ぶっ殺してやりたい」

と思う女は多いだろうが、みんな物を投げるぐらいにとどめているようだ。人を殺せば、自分にどんなにめんどうくさい、嫌なことが待ち受けているか知っているからである。しかし、中にはごくまれに、自分の怒りをストレートにぶつけなければ気のすまない女もいることであろう。自分は精神的にも肉体的にも、これだけの苦痛を与えられたのだから、相手にもそれなりの制裁が加えられるべきだと考える。ものすごくプライドが高く、しかも人を殺すことについての興味もある、というのが、この妻だったのではなかろうか。

五年前、私は殺人を扱った小説を書いたことがある。高校生の息子が、ひょんなことからお母さんの不倫相手を殺してしまう。最初の構想としては、エリート一家の崩壊を描くつもりだったのであるが、書いているうちに、筆がどんどん勝手に別の方にいってしまったのである。

私は最初、セレブな一家をつくる予定で、お母さんを今流行りの料理研究家にした。が小説がどんどん進んでいく時は、何も考えずに設定したことがいい伏線になる。

母親が料理研究家。私はこれにヒントを得て、死体を消却するために、家族がこの死肉を食べることにした。

「私が腕によりをかけてつくるわ。だから絶対に吐いては駄目」

それが出来なかったら、一家心中だと母は言う。

「食べるか、死ぬか」

というのは帯のコピーにもなった。

こうして母親は、ありったけのレシピと真心を駆使し、おいしそうな料理をつくる。香辛料をたっぷり使ったトルコ風シチューにワイン煮込み……。夕食を欠席することは許されない。それまでバラバラに行動していた銀行員の父も、娘も、神妙な顔つきで食卓につく。皿に盛られたものを残すことは許されない。母親は何度も言う。

「食べるか、死ぬか」

死体を切断するシーンを書くために、外科医の方にレクチャーを受けた。

「ハヤシさん、切るならこの関節をスパリとやってください。そうすると簡単に切断出来ます」

などということを解剖図を見ながらやっていたわけであるが、三日めにその医師が言った。

「ハヤシさんも本物見た方がいいでしょう。このあいだ病理解剖したばっかりのやつ見てみたら」

とパソコンを開いたのである。傍にいた男性編集者はわっと飛びのいたが、私はちゃんと見た。そんなに嫌じゃなかったのは憶えている。

さて、小説の方であるが、シリアスな社会派小説を書くつもりが、人肉食《カニバリズム》ホラーと化してしまった。が、仕方ない。筆が自分の意とは違うところで動き出し、それが実に楽しかったのである。

案の定この小説はまるっきり売れなかった。しかし不思議なことに、読者からの手紙がとても多い一作となったのである。

「泣けました」という人がいて首をかしげたが、もっとわからなかったのは「笑いました」という人が何人もいたこと。とにかく奇妙なカルト小説として、ごく少数の読者の胸に深く刻まれたことは確からしい。

その時わかったことは、人体を切っていくというシーンは、わりと人を惹きつけるということである。あまりにも非日常的なことなので迫力があるということであろうか。

さて今日、知り合いに会ったらえらく興奮していた。ものすごく豪華な新年会があって、出たご馳走がすごかったそうだ。中でも目玉は、三人がかりでやった「マグロの解体ショー」という。そういえば私も何年か前、丸のまんまのマグロが三体どーんと供せられた、「マグロとシャンパンの夕べ」というのに出たことがあったな。

これは本で読んだ話であるが、西欧の人というのは、日本人の魚に対する感覚に驚愕《きようがく》するという。あまりにも残酷だというのだ。

生きている大きな魚を料《りょう》って、ぴくぴくしている内臓がむき出しになっているシーンが、テレビに平気で出てくる。あれは牛の解体ショーをそのまんま見せるのと同じことなんだそうだ。バラバラ事件から話がマグロにいってしまった。それにしても毎朝ワイドショーを見、コメンテーターといわれる人の言葉を聞くたびに空しさがつのる。なんかもう、人をひとくくりに「人間」と出来ない世の中がきてるんじゃなかろうか。

あ、変わった

一月も早いもので、そろそろ二十日。ぼんやりとテレビを見ていた。

画面に映っているのは、明るいキャラクターが売り物の、中年の女優さんだ。この頃はドラマよりも、バラエティで見ることが多い。が、どこか違っている。なんかヘン。

「あーこの人、顔、変えた！」

目が不自然にパッチリして、しかも上がり目になっているのだ。どう見ても、整形でリフティングしているとしか思えない。

そしてそのバラエティが終わった直後、テレビ東京にチャンネルを合わせたら、この女優さんが旅番組に出ていた。かなり前に収録したらしく、以前の顔だ。年相応に目が垂れている。わずか一時間の間に、これほど「ビフォー・アフター」を見せてくれるとは、テレビというのは残酷なものだ。

そして昨日、また別のクイズ番組を見ていたら、四十代のタレントさんが出てきた。この方も顔が違っているのに驚いた。なんか年が明けたら、みんな別の顔になっているのである。

今日、雑誌のグラビア撮影があったので、ヘアメイクの人にこのことを告げたら、

「年末年始の休みに、芸能人が顔を直すのは常識よ」

ということであった。

「腫れてても、バンソウコウ貼ってても人に会わないんだから」

しかし、あそこまで顔が変わられると、やはりびっくりする。これほどまで露骨にしてもいいのかと思ってしまう。日本は韓国化していくんだろうか。あちらの女性は、整形がごく普通のことと聞いている。

まあ、整形ぐらいは気楽にしても全く構わないけれども、この頃は実にたやすく殺人が行なわれる。口喧嘩ぐらいで、平気で知らない他人を刺したりする。

ヘアメイクの人が私の化粧をしてくれながらいいことを言う。

「この三、四年で地球温暖化が急にはっきりしたみたいに、ものすごい勢いで人間が壊れてくわねえ……」

本当にそのとおりだ。私は帰り道よくタクシーを使うが、富ケ谷交差点に近づくと必ずといっていいくらい、運転手さんがひとつのマンションを差す。

「ほら、あれがバラバラ事件の夫婦が住んでいたところですよ」

「へえーっ」

その時はテレビのクルーもいたし、マンションの前にはガードマンが立っていた。黄色をアクセントカラーにした、とてもおしゃれなマンションであるが、当分は住民みんな、こんな無躾《ぶしつけ》な視線に耐えなくてはならないのだろう……。

などと思いながら、今度は甲州街道の方から家に帰る。するとタクシーの運転手さんが必ずといっていいほどこう言う。

「お客さん、ここを曲がったところが、あのバラバラ事件の歯医者のうちですよ」

そうあの二つの事件の現場はとても近く、うちはそれにはさまれた地点にあるのだ。

先週の「週刊文春」でも、あの二つの事件の背景が詳細に伝えられた。それによると殺人を犯した〝セレブ妻〟歌織という女は、最初に報道されたようなお嬢さまでもないらしい。

「典型的なトッピング女だよな」

と私は思った。トッピング女というのは、最終学歴に色どりをそえる女性。ふつうの県立や都立の高校を出た後、お嬢さま大学に進むのだ。

ああしたところは、幼稚園、あるいは小学校からの一貫教育を受けてこそ価値がある。幼ない頃からキリスト教の躾や美意識を教えられ、本物のお嬢さまとして育つわけだ。だから世の男性はこうした名門女子大に憧れる。

そうした心理を熟知して、大学だけそうした女子大に進む女性が時たまいる。大学だけならそう偏差値は高くない。

本来のしっかりとした目的で、その大学を選ぶ女性も多いだろうが、まあ、何人かは自分の人生を綺麗にトッピングしようと入学してくることであろう。在学中は合コンに精を出し、大学名をフルに利用する。願う就職先は商社や航空会社。つまりひと頃流行った言葉でいえば「勝ち犬」路線まっしぐらの女性たちだ。人生の目的が明確で迷いがない。自分に対しても自信がある。惜しむらくは、あまりにも強く行末の設計図を描くので、それにうまくのれない時は深い失望とみじめさを味わうことであろうか。

が、殺人までいった彼女は別として、私はこういう女性が決して嫌いではない。私も地方出身者だから、そういう気持ちがよくわかる。

手にする女性誌には、華やかな東京の女子大生の暮らしぶりが出てくることであろう。附属から上がってきた、都会の女子大生は洗練されているように見える。エリート校のボーイフレンドとのデイトも楽しそうでため息が出てしまう。そして彼女が、自分もその一員になりたいと願ったとしても、何の悪いことがあるだろうか。

みんな望みどおりの人生をおくろうと努力する。それが生きるということなんだと私は考えるようになった。トッピングぐらい何だろう。顔を直したぐらいで揶揄《やゆ》するのは間違っている。

ただみんなの欲望のエネルギーがすごくて、地球の温度がぐんぐん上がっているような気がして仕方ない。温かい冬は、私のような寒がりには有難いが、今年の夏は大丈夫なのだろうか。

殺人的な強い陽ざしが続くのであろうか。何か怖いなあ。また人間が壊れていくんだろうか、と思っていたら北海道で焼肉店の店長が、年配の女性を殺害していた。遺体をずっと冷蔵庫に入れて営業していたんだと。全くこのところ、日本列島はホラー漬けになってる。暖冬なのに、背筋が寒くなる日々だ。

………

お楽しみ

このところ小説のために、六〇年代の日活映画をやたら見ている。

本当に面白い。昔の東京の街ときたら、それはそれは簡素でどの建物も低い。都心でも木造二階建てが続いている。

その中にあって、裕ちゃんの肉体というのは突出している。地味で発展途上の街の中で、裕ちゃんだけが外国人の体をしているのである。

裕ちゃんが恋人に向かっていう。

「キッスはしないよ」

この頃、キッスと発音していたらしい。キッス、キッス、なんと新鮮な響きであろうか。はずんでいる。いかにもチュッと音がしそうではないか。

今は「キス」と書き、発音もキスと低く沈むけれど、キッスに比べて暗くなるような気がするなあ。

日本映画で初めてのキスシーンがあり、映画館がどよめいた時から十数年、キスはやっぱりまだそんなに大きな声でいえなかったのであろう。多くの観客は、この言葉を聞くたび、かすかに頬を赤らめたに違いない。

だから映画スターという先駆者たちは、高らかに叫んだのであろう。

「キッス、キッス」

そういえば同じ頃「光る海」というのがあったっけ。石坂洋次郎の原作である。

石坂洋次郎なんて、今の若い人は読まないはずだ。本屋さんにも置いてない。私は小学生の頃、この方の本を愛読していたが、たぶんものすごくませていたからであろう。

セックスに関することを、聡明な若者たちが明るく討議する、という内容が多かった。中でも「光る海」は、当時としてはまず口にしないような内容のことを、吉永小百合さんがおっしゃっていたらしい。らしい、というのはまだ子どもだったので、この映画を見せてもらえなかったのである。

その替わり、吉永小百合さんのこんな発言を「月刊明星」か「月刊平凡」で見つけた。「光る海」のセリフが、あまりにも大胆でどぎまぎしてしまった。が、原作者の石坂洋次郎氏が、あと十年したらこういう風にみんながセックスについて明るく語るときがやってくるといったというのである。

「そんなことってありえるのだろうか」

と私は思ったのであるが、そんな時代はあっという間にやってきてしまった。

テレビでも雑誌でも、みんなずけずけとそのことばかり言っている。私は二十年来「新婚さんいらっしゃい！」を好んで見ているけれども、このところはちょっとついていけない。若い人たちのボキャブラリーが少なくなった分、非常に直接的になってきたからである。セックスの具体的なテクニックを口にする人が続出し、こういう時は会場の笑いが少なくなっている。あきらかに引いているのである。

ところで私のまわりでも、友人たちはお酒が入ると話はかなりきわどい方へいく。私は経験の乏しさから、積極的な発言はいっさいいたしませんが、合いの手を入れるのはうまいかもしれない。

つい最近、私の目の前で男友だちが他の人から尋ねられていた。

「ハヤシさんと本当に仲がいいね。いつも一緒にいるよね」

すると彼が答えた。

「ハヤシさんって楽しいんだもの。猥談が出来る珍しい女の人なんだもん」

まあ、失礼ね、猥談なんかいっさいしてないワ。私は怒鳴った。聞き上手に徹し、すごく上手く質問をしたり、盛り上げてあげるだけである。かわし方もかなりのテクニックを持っていると思う。

猥談というのは、すべからく男の人の自慢話である。だからそれをちゃんと聞いてあげる。間違っても女性の方が、自分の体験談を話してはいけない。古いと言われるかもしれないが、これは絶対のタブーである。なぜなら女は、恋愛は精神性に基くものと思い込んでいるゆえに、猥談の歴史がない。なんといおうか、男の人のように、セックスを恋と切り離して、明るくユーモアたっぷりに話すことが出来ないからである。

まあ、女にとっての猥談、その場にいる人々の心をくっつける接着剤の役割を果たしているのが、ダイエット失敗話であろう。女が三人いると、八十パーセントはまずこの話になる。最高のコミュニケーションネタだ。

だから例の納豆事件も、少しも腹が立たない。

そもそもあの番組を本気で信じていた人がいるのであろうか。特定のダイエット食品にとびつき、そしてすぐに飽きるのは女たちの年中行事ではないか。

古くは紅茶キノコから始まって、コンニャク、黒酢に酢大豆、羊肉、最近では白いんげん豆を手に入れようと私は奔走した。名刺交換をした北海道選出の議員さんにおねだりをしたりもした。が、どれも楽しいレジャー、効果がなくても腹を立てたことはない。続かない自分の根性のなさが悲しいだけで、商品を恨んだことはない。

そもそも納豆を食べて、迷惑をした人っているんだろうか。納豆は健康にもよくておいしい。安いうえにどこでも手に入る。消費者を騙《だま》したということであるが、女はダイエットに関して、一ケ月おきに騙されているじゃないか。

私なんかこのあいだ、

「もし痩せなかったら全額お返しします」

という広告につられ、通販で某ドリンクを買った。お－し、そこまで強気で言うなら試してみようじゃないかという気持ちで、半分も信じていない。三ケ月前には、別のダイエット食を電話で注文したら、番号を知られ、やたらかかってくる。

「そろそろ商品が切れる頃じゃありませんか」

「途中でやめてます。もしいる時はこちらから電話かけるから結構！」

がちゃんと電話を切る私。が、結構こういうのも楽しんでいるのである。ダイエット食品にはこのお楽しみ料も入っているようだ。

シュウグについて

「女は子どもを産む機械」と、うっかり口をすべらした厚生労働大臣は、もうどうしようもないほどの無神経さであるが、あれに噛みついている野党の女性議員を見ていると、テレビのチャンネルをまわしたくなってくる。

相手の失点をこの時ぞとばかり追いつめ、自分のPRの場にしようとしているのがミエミエだからだ。とにかく悪いのはすべてあちら、非があるのは絶対にあちらとわかっているから、こんな楽しいことはない。自分がどれほど理路整然として頭がいいかをプレゼンテーションしようと、彼女たちは滔々《とうとう》と喋る。その際どれほど居丈高になっているかに気づかないのであろうか。

もう勝負は見えているのだから、あれだけえらそうに雄たけびをあげるのは、どうも好きになれない。とにかく口調の激しさだけが印象に残って、内容がほとんど伝わってこないのだ。

だが、一ケ所だけやけに憶えているフレーズがあった。

「世の中の苦しくつらい思いをしている女性のことを、少しも思いやっていないのですねッ」

といった内容の発言の中で、

「経済的に苦しくて子どもを持てない人、不妊の人、結婚の出会いがない人もいるんですよッ」

上の二つはわかるとしても、最後はちょっとなあ、と思う。出会いがない、というのはもう個人の資質の問題であろう。ここまで救えといわれたら、かの大臣もたまったもんじゃない。

本当に結婚したいと思うのなら、必死になってどこかの紹介所に駆け込めばいいのだ。今はパソコンによって相手を探せる世の中である。それとも前の少子化対策担当大臣が言い出し、世の失笑をかったように、政府主催のお見合いパーティーを実行すればいいんだろうか。

あたり前のことであるが、タレント、作家、キャスターといった異業種から転向した人ほど、政治家らしくなろうとする。自分の考える政治家像の鋳型に自分をはめ込もうとするようだ。

そこへいくと叩き上げの政治家というのはもっと老獪《ろうかい》である。討論番組を見ているとわかる。じわじわと相手に迫り、最後には「与党の苦悩をも背負う」同情を勝ち得る技はさすがである。シロウトの政治家がキャンキャン吠えてるテレビを見るたびに、私はプロの政治家がもっと増えて欲しいと心から願わずにはいられない。

そもそも参議院なんて、シロウトの殿堂と化しているではないか。私はまわりに有名人の知り合いが多いが、彼らの中で、参院選の誘いを受けなかった人はまずいないといっていい。

「まさか、こんな人まで……」

と呆然とするような友人も、与野党どっちからも誘いがあったと自慢気に語る。

よく噂になる藤原紀香さんにしても、女優としてはとても素敵な方だと思うが、何も政治家として担ぎ出すことはあるまい。

私は基本的に、芸能人になりたいという自己顕示欲というのは、政治家の資質とはなじまないものだと思っている。パフォーマンスを第一に考える政治家にろくなのはいないからである。

それならば宮崎県知事になった、そのまんま東氏もそうなのかと言われそうだが、あの人はちょっと違うのかもしれない。私は一度もお会いしたことがないが、結構好意を抱いているのである。コメディアンの頃は何の興味も持てなかったが、早稲田へ行って勉強を始めた頃から、おっと思うほど顔つきが違ってきた。口のあたりの「笑わせてやろう、ウケよう」といういうさもしい感じが消え、鋭角的になってきたのである。何か別の覚悟が宿っている顔だなあと思っていたところに、離婚のニュースが入ってきた。

新知事のすごいところは、あの離婚をうまく逆手にとったところだろう。

彼が宮崎県知事になると言ったために、奥さんのかとうかず子さんに愛想をつかされたというのは有名な話であるが、それを利用した。

「そうでなかったら、誰があんな綺麗な奥さんと別れますか」

というフレーズは名コピーであろう。彼がそう口にするたびに、聴衆はどっと沸いたという。かとうさんは今コメンテーターとしても活躍されている。まだ若くて美しく聡明な女性だ。

「そうだよなあ、あんな美人と別れたんだもんなア。一票入れてあげなきゃな」

と宮崎の人が考えたとしても、何の不思議があろうか。

しかしマスコミは彼に対して冷たかった。当選後も「衆愚政治」と書きたてている。

「そのまんま東の暴力と淫行の過去」

などという見出しが新聞に躍り、電車にのれば、もっとひどい文字がのっている中吊り広告もあった。

が、私は知っている。こういうマスコミの悪口は、選挙にほとんど影響しない。なぜなら地方の人は週刊誌を読む習慣もなければ、電車に乗ることもない（たいていマイカー）。よって扇情的な中吊りを見ることもないのだ。

山梨に帰って地方紙を拡げるたびに、私は悲しい気持ちになる。書籍の広告はもちろん、雑誌の広告もいっさいのっていない。町に本屋はない。これじゃ故郷の人が、私を知らなくても仕方ないと思うワ。

そして新聞は地方紙、雑誌を読まない地方の人が、忙しくてテレビを見なかったらどうなるか……。そのまんま東という名も知らず、副知事は「アズマさん」と口走ってしまうのである。

現代においてみんなが低く平の衆愚社会はあり得ない。あるのは怖しいほどの情報格差社会である。

都知事を選ぶ都民は、どこまで情報について勝ち組なんだろうか。あんな候補が下馬評であがるようでは、先行きかなり暗いような気がするなァ。

街の人格

久しぶりに洋服を買いに行ったところ、正月太りでサイズがひとつ上がっていた……。
がっかりしてショップを出ると、目の前のビルがすっかり取り壊されているではないか。
全く青山というところは、半月行かないと様子がすっかり違ってしまう……。ン、それにしてもあれは何だろう。工事用の仮の塀の向こうに、白い巨大なオブジェと洋館が顔を覗かせているではないか。

「岡本太郎記念館ですよ」

ショップの店員さんが言った。

「ハヤシさん、行ったことがなかったんですか」

驚いた。いつも探していた記念館がこんなところにあったとは。このショップにはしょっちゅう服を買いに来ていた。しかし目の前の大きなビルの陰になっていて、記念館に全く気づかなかったのである。

まるで「秘密の花園」を見つけたような気分。すっかり嬉しくなって記念館へ行き、ついでに附属のカフェでケーキまで食べてしまったほどだ。

散歩大好きの私は、よくあちこち歩きまわるが、悲しいかな地図を読むことが出来ない。地図を読めない、というのは女の特性らしいが、私の場合は重症で、ひと頃流行ったカフェバー地図はお手上げである。道路を単純に線にしたアレからは、全く方向距離がつかめない。よってどこかへ行く時、ハタケヤマにインターネットでもう一度地図をつくってもらう。これを持って電車に乗り、表示を確かめながら店を探す、というのはなかなか楽しいものである。といっても、一回でたどりつけず、携帯でお店に聞く、というのはしょっちゅうだ。

ある時など住宅街の中のイタリアンへ行くのに、携帯を忘れ三十分も遅刻してしまった。あたりに公衆電話ひとつなく、道ゆく人もおハイソな感じでとても声をかけづらい。そうしている間にもどんどん時間は過ぎて、いっそのこと帰ろうかと思ったぐらいだ。

徒歩でなくタクシーで行く場合もあるが、こちらの方が不安が残る。運転手さんの資質がその後の運命を変えてしまうからだ。徒歩で行く場合の誤差はそう大きくはない。間違えたとしても、携帯さえ持っていれば路地をふたつみっつ調整すればことが済む。

が、タクシーの場合、こまわりがきかず、行き過ぎた場合はUターンに時間がかかる。地図を見たとたん、

「あ、わかりました」

とぴしゃっと目の前につけてくれる人と、わけがわからず走りまわる人と料金が同じだなんておかしな話ではないだろうか。

このあいだ、タクシーの運転手さんでも地図が読めない人がいることを発見した。私に何度も聞く。

「お客さん、こっちが渋谷ですよねえ……」

「いいえ、こっちがそうでしょう。だからあの歩道橋を曲がってくれればいいんです」

と説明したのであるが、案の定まるっきり違うところを曲がる。後はもう何も考えずに走っているだけ。しかも運の悪いことに、めざしているのは高級住宅地松濤にある、一軒屋のレストランである。あかりひとつ、目印ひとつないところであるから、運転手さんはパニックに陥ったらしい。右へ左へ、文字どおり迷走し始めた。たまりかねて私は言った。

「運転手さん、いったん停まってナビで見てください」

ところが焦るあまり、ナビをうまく出せないのだ。やっとナビが映り始め、走ってくれたら今度は人の家の路地のつきあたりに入り、料金はいつもの倍だったと記憶している。が、私はもちろん文句を言わない。地図が読めない焦りや恐怖は、こちらも身にしみて知っているからである。

ところである時、単なる地図音痴で済まされない日がやってきた。土地という、一生一度の買物をする時だ。

私はこの街と目標を定め、不動産屋さんに探してもらった。しかしなかなかいい出物がないため、

「お近くで土地を探しています」

というチラシを出してもらったほどだ。そして休みにはこの街をよく歩いた。都心に近い高級住宅地とされているが、豪邸が立ち並んでいる地域は、見事なほど四角いスペースにきっちりおさめられている。それ以外はアパートや小住宅がごちゃごちゃ建てられていて、下町の雰囲気も強い。商店街育ちの私はすっかりそれも気に入ってしまった。しかしなかなかこれといった出物がない。三年間も探しているうちに、ようやく銀行の世話で小さな土地を手に入れた。家を建てるのはそれからまた三年後、土地のローンに追われて、とても上ものまで手に入らなかったのだ。が、当時わが生涯最大のベストセラーが出て、それを頭金にして家を建てることになった。いよいよ上棟式を迎える前の日のこと、前からある古い家を取り壊したので急に見晴らしがよくなった。その向こうに茶色の建物が見える。

「あれは何ですか」

「えー、知らなかったんですか。斎場ですよ」

本当に驚いた。三年間もこのあたりをうろついていたのに、うちの一本裏に火葬場兼斎場があることに気づかなかったのだ。銀行の人も、工務店の人も、誰ひとり教えてくれなかったの

だ！

引越してすぐの頃、うちの夫は駅前のお鮨屋さんで、

「あそこは昔、よく人魂《ひとだま》が出たよ」

と言われたらしい。うちのお手伝いさんは声を潜めて告げる。

「奥さん、やっぱり洗たくものに灰がかかるよねえ……」

斎場へ向かうバスはしょっちゅう通るし、喪服を着た人たちはグループで駅から歩いてくる。しょっちゅう道を聞かれる。住んでみて初めて知った光景である。全くどうして気づかなかったんだろうか。

街というのは人格を持っていて、時々いたずらをしたり、しっぺ返しをしたりするのではなかろうか。岡本太郎記念館のオブジェが、ぬっと出てきた衝撃も相当のものであった。

感応式

　このあいだもお話ししたが、納豆の件で怒る人の気持ちがよくわからない。

「こんなデータをでっち上げて、何考えてるんだろう」

と、むかっ腹を立てるぐらいはわかる。

が、テレビ局に苦情の電話が、一日に千本も来たというのが本当によくわからない。どんな電話がかかってきたかというと、

「ダイエットをする人を弄《もてあそ》ぶようなことは許せません」

だって。これってかなりおかしい。なぜなら、ダイエットをやる人って、もう世の中から弄ばれているような気がする。深刻な生活習慣病にかかっている人は別として、ダイエットなどというものは、喜劇的な要素を含んでいるものだ。おいしいもの食べてラクチンして太ったものを、元に戻そうという作業である。ダイエットをした時点で、世の中から弄ばれても仕方な

いような気がする。私など、効きめのない通販にどれだけお金を遣ったことであろうか。業者には弄ばれ、まわりからは笑いものにされている。これがたいていのダイエッターの運命であろう。騙されてもともと、と私は思っている。

それなのに、

「絶対に許せない」

という怒りの声がテレビ局に殺到したという。なんだか世の中が、集団いじめをしているような気がして仕方ない。あきらかに失点をおかした人に、声高に非を唱え、がんがんやっつけていく人間が、これほど増えたというのはオッカないことである。このテレビ局への苦情電話は、祭りに参加したいという気持ちがあるのではなかろうか。

世の中、もっと怒ったり抗議することがいっぱいあるはずだ。

非常に小さなことであるが、私は感応式の水道というのが本当に許せない。いや、それ自体よりも「自動で出ます」とはっきり書いてくれない人が許せない。

あれはもう三年前のことになる。山梨に帰るために急行に乗り、途中トイレに入った。洗面所の蛇口の下にバッグをまず置き、髪を直していた。その間感応式の蛇口からは、静かに水が出ていたらしい。そのことに気づかない私は、バッグを持ち席に戻った。その時に、少し重くなったという感を持たなかったわけではない。が、トートバッグの中に水が貯まり、金魚鉢状態になっているとは気づかなかった。中身は全滅、お財布の中のお札も全部ダメになった。それよりもショックだったのがケイタイで、ドコモショップの人がドライヤーを吹きかけてくれたのにもかかわらず、甦ることはなかった……。

それから気をつけるようにしていたのであるが、最近またやってしまった。

サイン会の後、出版社の人たちがご馳走してくれるという。レストランのトイレで、よそゆきのスーツを着替えようとした。まずは持ってきたセーターとジーンズを手洗いのシンクの中へ置く。ここしか場所がなかったのである。そしてまた私は気づかなかった。この蛇口が感応式ということをだ。よく見ると、うんと小さい字で蛇口のところに書いてある。が、そんなもの見る人が何人いるんだろう。

水は静かに落ち、セーターに浸み込んでいった。おかげで着ようと手にとったとたん、水びたしのものをつかんでしまった……。

トイレもこの頃、感応式のものが増えた。お立ちになると自動的に水が流れる、というけれども、それは機械だからうまく作動しないこともある。今日、映画館へ行き、トイレに入ったら、流れていない便器にあたってしまった。

「全くだらしないわね。トイレを流すなんて、マナー以前の問題でしょう」

私はカリカリと怒ったのであるが、いざ自分の番になると、これまた流れやしない。

「赤ランプに向かって、手をかざしてください」

と書いてあるのでそのとおりにしたが、少しも水が流れない。よって私もそのまま出てきてしまった。次に入った方、本当にすいません。

いやいや、これは謝る話ではなく、怒る話である。

ところで、怒る、というほどでもないけれど、ワインに関して、私たちはもっと注意深くならなくてはと思う今日この頃である。ワインは高い。とんでもなく高いものがある。日本酒や焼酎でいくら手に入りづらいものがあるといっても、何十万という値段がつくことはあるまい。が、ワインならある。

この頃私がちょっと腹が立つのは、ワリカンで食べている最中、こそこそワインを注文する人たちである。たとえば三十人ぐらいの宴会、みんなにいきわたっているのは、ビールか日本酒である。それなのに満足しきれなくなり、給仕してくれるおねえさんに、

「ワインない？」

と頼む。料亭で頼むとワインはものすごく高くつくし、いい銘柄しか置いていない。そのことを知っているくせに、ワインを頼むのって、いやしい「抜けがけ」だと思うなあ。

「大人数でのワリカン、会費制の場合、ワインは遠慮すること。あるいは、三千円以下のものを頼むこと」

という新しいマナーをつくるべきだ。

そう、ワインというのは、人間関係に新たな緊張やトラブルを巻き起こしているのである。

たとえば人にご馳走になるというのに、平気で高価なワインをオーダーする人がいる。これ

はかなりのルール違反である。最近はどこの会社も経費節減で、担当者は苦労している。予算もあらかじめ組んで、あれこれ心を砕いているはずだ。例えば料理がひとり一万円とする。これにビール二本と、日本酒二本、という風に考えているところ、五万円のワインをオーダーされたらたまったものではない。ワインをせこく飲もうとする人に対して、世の中はもっと抗議してもいいほどで、こちらは感応がうんとにぶい人たちである。

……… 悪の苦労

先日山梨に帰ったら、家のまわりはもうすっかり春の気配。梅は満開だし、近くの空き地には、可憐な青やピンクの小花が咲き乱れている。

あれ、もう春が来ちゃっていいのオ、という感じである。それほど今年は冬のインパクトがなかった。毎朝六時に起きているが、寒さでつらかった、という記憶がない。

地球温暖化は本当だったのだという思いとは別に、しみじみとした感慨にとらわれる。

それは、

「厳しい冬があればこそ、春の喜びがある」

という、歌謡曲の一節のような思いなのである。寒くて長い冬が終わり、これでやっと春がくると考える心の甘さをあざ笑うように、二月の中頃に必ずといっていいほど雪が降った。そして強くて冷たい北風、今年はそういうものとは無縁の冬であった。だから空の明るさや野の花を見ても、嬉しさがもうひとつなのである。これが長くつらい冬を耐え抜いた後だったら、十倍ぐらい感動したに違いない。

私はありきたりのことをつぶやいた。

「人間、苦労するからこそ、次の喜びが大きいのだ」

ところで私は、苦労知らずだったんだろうか、それともそこそこ苦労してきたんだろうか。自分ではまるっきりこの評価が出来ない。

「運のいい人」と言われると、ちょっとひっかかるが、そうかといって「努力家」と書かれると、かなり違うような気がする。が、最近インタビュー記事を読んでみると、

「たゆまぬ努力をしてきた人」

などと表現されることが多い。これってとても自分のことと思えないのですが……。まあ、仕事に関しては、それなりに苦労してきたかもしれないが、全くといっていいほど同情されないのは、私のこの体型と顔にあるのであろう。

つい先日、年配の男性から手紙が届いた。一応私のファンと名乗っているのであるが、書いてあることはわりと辛辣《しんらつ》である。

「最近引ったくりに遭ったそうですが、あなたは狙われやすい顔と雰囲気なので気をつけるように」

だと。結局はトロい顔をしている、ということらしい。

昨年皆さんをお騒がせした、引ったくり事件であるが、先々週、新聞社から電話がかかってきた。

「犯人がつかまったようなのでコメントを」

丁重にお断わりしたが、いったいどんな人だったのかちょっと気になる。新聞記事を見たところ、三十六歳の男性だという。私はうんと若い男の逃げる後ろ姿を見たような気がしていたのであるが、中年の前夜ぐらいの年だったというわけだ。

その新聞記事が出て一週間後ぐらい、今度は警察から電話があった。被害者の供述書を取りたいので、近いうちにうちに来たいと言うのである。

「どうぞ」

と答えた私。誰だってそうでしょう、自分が悪いことをしていなかったら、本物の刑事さんには会ってみたいものである。

そして今日、三人の警察官の方がいらした。ひとりは若いふつうの男性であるが、後のふたりはテレビドラマで見るまんまの、こわもての大男で私はすっかり嬉しくなってしまった。

「さっそくですが、現場に行って実況見分をお願いします」

歩いてもわずかな距離であるが、車で行くという。パトカーかと思ってわくわくしたら、ふつうの乗用車であった。

引ったくりに遭った場所に立った。犯人も既にここに来て、取り調べを受けているらしい。

それによると、私が「ここ」と指さしたところから、十メートルもずれている。

「たいていの人がそうですよ。気が動転してますから」

その後、ちょっと待ってくださいと刑事さんが言った。

「今、エキストラのオートバイが来ますからね」

そこへ犯人役のオートバイに乗った人がやってきた。彼が私の後ろから狙っているところ、ハンドバッグを取る瞬間など、シーンを変えて何枚も写真をとられる。

「今度は、バッグを取られて、追いかけているところをお願いします」

こういう時、顔もそれらしく演技しなくてはいけないのだろうかと、かなり本気で考えてしまった。そして最後は、

「記念写真を撮りましょう」

だって。私の横に犯人役の人、調書をとった刑事さんが並んだ。この時はついにっこりしてしまった私である。

その後、家に帰り、その時に持っていたハンドバッグ、携帯電話などを撮影していく。そして調書と照らし合わせていくうち、あることに気づいた。

「刑事さん、三つのものが消えているんですよ。現金はもちろんですけれども、エルメスのクロコの財布、ディオールの名刺入れ、ほとんど使っていない化粧品のパレット……」

最初は共犯者として女性がいるのかと思ったぐらいだ。が、刑事さんが言うのには、この男

性はブランド品には全く詳しくないし、女性の共犯者もいない。家探ししてもそんなものはなかった。

「じゃバッグが捨てられて、親切な人が見つけて届けてくれる前に、もうひとりバッグを開けた人がいるっていうことですかね。その人は女性で、空の財布や名刺入れ、パレットを失敬した……」。だんだん推理小説のような口調になる。まあ、こんな機会はめったにないわけだし。

「泥棒の上前をはねるような人間がいるんでしょうなア」

私は犯人より、その人にすっかり憤《いきどお》ってしまった。引ったくりはもちろんとても悪いことであるが、当然のことながらリスクも限りなく大きい。なのに罪の意識もなく、隙を見て盗みをする人間が、のうのうと暮らしているのである。人の化粧品を使ってサ。悪いことをするなら、それなりの苦労をしろと私は本当に腹が立ったのである。

………お達者で

どこかへ行く時、たいていメトロを使うけれども、タクシーに乗ることも多い。頭の中で行き場所、駅からの所要時間を計算し、タクシーで行く方が早い場所は、すかさず手を上げる。

私の住んでいる町は、駅にちゃんとしたタクシー乗場がない。よって「早い者勝ち」ということになる。が、それはそれ、当然のマナーとして、自分より先にタクシーを待っている人がいないか、道の左右を見る。つい先日のこと、駅前に立ちタクシーを待っていた。やがてあちらから空車がやってきて、私の前で停まった、といいたいところであるが、微妙な距離ずれたのである。ほんの二、三メートル、私の立っていたところよりも先に停まった、と思っていただきたい。その時、あたりに人はいなかったので、私は小走りに寄っていった。ドアが開く。乗り込んで行き先を告げようとした時、運転手さんが言った。

「あっちのお客さんの方が先ですよ」

よく見ると、道の向こう側、駅の階段を降りたところに、女性がひとり立っていたのである。

「あ、ごめんなさい」

謝って降りたものの、何やらやたら腹が立ってきた。まるで私がものすごく非常識な人間のようではないか。しかも彼女が立っていた場所は道の向こう側で、左右に注意をはらっていた私にしてみれば、〝こつ然〟と現れた、という感じなのである。

そしてこれがうんと腹が立つところであるが、相手がお年寄りとか、ベビーカー押したお母さんならともかく、うんと若い女性だったことである。しかもものすごくみすぼらしい格好をしている。そのみすぼらしさ、というのは、今の世の中にあっては尋常ではない。まあ、誤解を怖れずにいえば、インチキな募金活動をして問題になるあの方々にそっくりなのである。はっきり言って、とてもタクシーを使う人には見えなかった。だからなおさら腹が立ってきたのである。

まあ、長年タクシーに乗っていると、いろいろムカつくこと、面白いことにぶつかる。最近どのタクシーもカーナビがついているが、これにも楽しくないことがある。どうも遠まわりばかりしているようなのだ。たとえば無線でタクシーを呼ぶ。大きな道路に出るためには、うちのすぐ前の道を右に曲がってくれれば、すぐにたどりつくことが出来る。が、ほとんどの運転手さんが左に行き、大きく曲がって大通りに向かうのだ。ある日、たまりかねて私は尋ねた。

「あのう、右に行った方が早いと思うんですけど、どうしてみなさん左へ行くんでしょうかね」

運転手さんは答えた。

「カーナビは狭い道が嫌いだからね」

右の道もそう狭いとは思わないが、要するにカーナビの好みの道ではないらしい。

「全くどうしたこんずら」

昨日のことである。さる方からフレンチレストランにお招きを受けた。が、このところの忙しさで爪がボロボロのままだ。行く前に駅前のネイルサロンに寄ることにした。会食は七時半なので、六時五十分に出れば余裕をもって到着出来る。

が、ネイルが手間取り、店を出たのが七時だ。私は近寄ってくる空車に手を上げた。個人タクシーである。幸い、「私の車よ」と飛び出してくる人もなく、中に乗り込んだ。そのとたん、イヤーな予感がした。運転手さんの前かがみの姿勢といい、左の頰の大きなシミといい、ものすごいお年寄りとお見うけした。

「いったいおいくつなのかしら」

しかし初対面の人にいきなり年齢を聞くのは失礼だ。だから私はしばらく我慢していた。やがて運転手さんはひとりごととも愚痴ともつかないことを言い始めた。

「このへんは何ちゅう混んでるだか。全くどうしたこんずら」

その訛《なま》りは、まさしくわが故郷山梨のもの。

「失礼ですけど運転手さん、山梨のご出身じゃないですか。いえ、その私が山梨の生まれなんで、甲州弁かなァと思ってつい」

「いや、わしゃ信州塩尻だよ」

山梨のお隣りのところだ。それをきっかけに運転手さんの口調が急になめらかになった。

「ほら、お客さん、そのカーブがビートたけしがバイクで転んだとこ」

もはや名所となっている場所を解説してくれるのだ。それに乗じて私はつい身辺調査をしてしまう。

「運転手さん、東京に出ていらして長いんですか」

「いや、紀元二千六百年の年に上京してきたの」

「あの紀元二千六百年といえば、♬キゲンは二千六百年〜〜〜♬っていう歌がありましたよね」

「お客さん、若いのに、よくそんなことを知ってるね」

「いや、暗がりだからそう見えるだけです」

などというやりとりが続き、最後に私は尋ねた。

「ところで失礼ですけど、おいくつなんですか」

「わしゃ八十一歳だよ」

ひえー、結構びっくりした。そういえばこっちが少しも話さないのに、

「フィリピンで知り合った、二十歳の女性と結婚した」

と、滔々とのろける六十過ぎの運転手さんもいたっけな。

ところでこの八十一歳の運転手さんは困ったことに、カーナビを取り付けていない。小さな地図だけを持ってきた私は焦ってきた。しかもその地図が、一本の線に英語で主要な建物だけが書いてある、いわゆるカフェバー地図。一応運転手さんに見せたところ、ちんぷんかんぷんであった。そして案の定、会食は遅刻してしまったのである。

やっとの思いでレストランの前にたどり着いた時、私は安堵と励ましのつもりで、おつり（三百円くらい）をすべてチップとして彼に渡したのである。

「いつまでもお達者で！」

……

アリンコだーい

最近ワイドショーの芸能コーナーが、ものすごくつまらない。

朝、どのチャンネルをまわしても、新作発表の記者会見といった、どうでもいいあちら側の報道ばかり。紙の方の報道によると、古手の芸能レポーターたちも仕事がなくなっているという。

これまた紙の報道であるが、これだけ芸能コーナーがつまらなくなったのは、大手の芸能プロダクションの締めつけが厳しくなり、規制が敷かれているからだという。

だから森進一さんの「おふくろさん事件」などには、みんなが飛びかかってくる。森さんがたぶん大手に属していないせいだろう。

ちなみにあれに関しては、私は森さんに深く同情している。川内康範さんという方は、昔はいろいろ大きなお仕事をしていたらしいが、大部分の人にとっては「その人誰？」という存在であろう。まことに失礼であるが、あの方を見ていると「老いの淋しさ」をつくづく感じるのである。昔の権力をかざしたところ、思いの外《ほか》効果があった。怒れば怒るほど、相手は平身低頭し、世間は騒ぎ出す。あるワイドショーなどでは、「川内康範さんとはこういう人」という特集までしていた。八十七歳の身に、突然降ってわいたなかなか楽しい出来事。こちらには怒るちゃんとした大義名分があるのだから、もっと怒っていようと思っても不思議はない。

ちょうど金持ちの老人が、まわりから構われないのに腹を立て、

「遺産は誰にもやらん。すべて寄付することにした」

と言い出すのに似ているような気がする。この、

「こちらにはちゃんと怒る大義名分がある」

というのは、例の柳沢大臣の「子どもを産む機械」発言にも通じるところがある。先日ある女性誌を読んでいたら、女性の評論家が、

「最後は『騒ぐ女はもっと醜い』というところに落ちつく。それが『女性差別発言』の特徴」

というようなことを書いていらした。確かに私もこのページで、野党の女性議員がイヤッ、と書いたことがある。「子ども」とか「女」という誰もが反対出来ないような大義名分があると、それこそいきり立つからだ。

あのいきり立ち方というのは、二十年前の「アグネス論争」の時とそっくり同じで、私はげんなりしてしまった。

「女は弱く虐げられている存在なんですよ。だからそれをちょっとでもバカにしたり、ワルクチを言ったら許しませんからねッ」

私は柳沢大臣の発言のテープを聞いた。前後をつなげて判断すると別の感慨がわき起こる。それは「女性蔑視」というのではなく、

「なんてボキャブラリーの貧しい人なんだろう……」

という物書きとしての驚きなのである。とにかく今、何とかしなければ、子どもの出生数がどんどん減ってしまう。子どもを産むことの出来る女の数というのは限られているのだ、という考えが、ああいう言葉になった。きちんと報道されていないことであるが、柳沢大臣は口に出したとたん、ただちに失言に気づき、もごもご言いわけしているのだ。

「だから何だって言うのよ、差別発言したのは本当じゃないのッ。だからあんたってミギなのよ」

と言う女性たちには、私は石原都知事の発言をどう思うかぜひお聞きしたい。

「文明がもたらした、もっとも悪しき有害なものはババァ」

というのは、あれはもう確信犯でしょう。だが本気で抗議した野党の女性議員が、いったい何人いたのか。柳沢大臣の時の張り切りようとは、もう天と地の差。

それはもう石原知事のキャラクターがおっかないし、からむと怖そうだったからに尽きる。

例の四男出張問題が発覚するまでは、石原知事はそれこそ「不可侵」の存在であった。

「君たち、くだらないこと質問するのやめたまえ」

と一喝され、それ以上突っ込む記者などいなかったではないか。

「ババァにも、いいババァと悪いババァがいる。僕は悪いババァのことを例に出したまでだ。あなたたち、卑しい気持ちで作家のレトリックを非難するのはよしなさい」

と怒鳴られたらどうしようと、女性の議員もおじけづいたに違いない。それが人のよさそうな、すぐに謝ってきそうな柳沢のおじさんなら、もうやりたい放題。そういう態度が私は本当にイヤ。

そう、先週の週刊誌でどこも浅野前宮城県知事のスキャンダルを書いていたけれども、あれも本当にイヤな感じである。別に浅野さんを応援しているわけではないが、石原さんへの態度と差がありすぎる。

なぜなら、例の事件が起きるまで石原知事の悪口は、どの週刊誌もあんまり書かなかった。田中康夫前長野県知事もしかり。なぜなら彼らが現在はあんまり書いていないとはいえ、作家だからである。

テレビが大手プロダクション所属歌手やタレントのスキャンダルに甘いように、紙の報道は作家にも大層甘い。もっとも作家というのは地味な存在だ。全国的知名度を持ち、大きな報道に価するような人はめったにいないであろう。しかし男の作家が、有名な女優さんとおつき合いをした場合も、いっさいそれには触れないことになっている。結婚したら、まあ大々的に

「おめでとう記事」を書くけどもさ。相手の言いなりに、手記なんかも載せたりする。

まあ、紙の報道も電波の報道も、弱味に関して同じ穴のムジナといったところであろうか。私なんかはそのムジナにくっついているアリンコみたいなもの。

それにしても、叶姉妹というのはいつの間にか巨大なアリンコになっているんだな。テレビで彼女たちのワルグチを言うのは、いっさいタブーだそうだ。すごくやり手の弁護士がついていると聞く。が、あの晴栄っていう人から崩壊が始まりそう。でも芸能ニュースでは無視だろうな。

ソバとタミフル

夜、テレビを見ていると、時々出版社から電話がかかってくる。

「ハイ、ハイ、今やってますよ。ハーイ、もうじきですよ」

意識的に明るく答える私。横でビールを飲んでいる夫がつくづく言った。

「なんだ、それ。ソバ屋の出前とまるっきり同じじゃないか」

ソバ屋の出前というのはご存知のように、たいていサバを読んでいて、応答が同じだ。

「ハイ、今、出たとこです！」

ところがうちの近くのおソバ屋さんは、出前がものすごく早い。うちから徒歩で十分ほどの距離にもかかわらず、タヌキ、キツネの類なら五分で到着する。本当に五分だ。

ある時出前の注文をし、電話を切りトイレへ入った。トイレから出たとたんピンポーンとチャイムが鳴ったので、私はまわりに言った。

「もうおソバが来たりして。まさかねぇ。そんなことあり得ないわよねえ……」

ところが確かに、インターホンのモニターに映っているのはおソバ屋さんではないか。本当にびっくりした。あの時は三分もたっていなかったはずである。

昨日のことである。最近わが家は次々とインフルエンザに倒れ、夫も病いに伏す身となった。会社を休み昼頃居間に降りてきた。

「タミフル飲んだら、熱がさっとひいたよ」

「大丈夫？　テレビでも週刊誌でもタミフルの特集だよ。お願いだから階段気をつけて降りてきてね」

などという会話があった後、夫は何か食べると言い出した。

「そりゃあ、鍋焼きうどんでしょう。昔から風邪の昼食は鍋焼きうどんって決まってるのよね」

私も久しぶりで食べてみようと思い、二つ注文した。

「ハイ、ハイ、二丁目のトーゴーさんね。まいど！」

いつもながら愛想のいい電話を切った後、私は言った。

「今日こそ正確に時間を計ってみようよ」

料理用のタイマーを設定したのである。が、今日は鍋焼きうどんである。タヌキやキツネと比べて、はるかに時間はかかるだろう。ダシをかけるだけのものと違い、一応煮込まなくては

ならないのだ。おまけに今は十二時四十五分、お昼の忙しさはまだ終わっていない頃である。ところがすぐに、

「ピンポーン」

タイマーは八分二十秒という数字を出していた。

今日のことである。駅前の歯医者へ行った帰り、本屋に向かって歩いていた。あのソバ屋の前も通る。私は本当にびっくりした。「営業中」の札がかかっていたのだ。今は十時半である。十時半から開店しているソバ屋なんてあんまり聞かない。

私はまだ空腹でないのにもかかわらず、扉を押した。中にはおばさんひとりと、おじさん二人がいて、お菓子を食べながらスポーツ紙を読んでいた。

「あの、もう開いてますよね」

「はい、どうぞ」

皆は立ち上がり、私は調理場の見える場所に座った。

「タヌキソバとカツ丼のセットね」

何てバカなんだろう。春のダイエット週間にもかかわらず、こんな高カロリーのものを選んでしまった。が、仕方ない。この二つのものをどのくらいの早さでつくるか知りたかったんだもん。

「タヌキとカツ丼のセット、一丁」

おばさんが調理場に向かって叫ぶ。調理場には若い女性が立っていたが、注文を聞いて瞬時にシャカシャカと卵をとく音が。そうか、カツや天ぷらはあらかじめ揚げてあるのだ。そのうちにパートとおぼしき女性がもうひとり登場。どうやらこの店は五人体制でやっているらしい。おじさんふたりは出前専門なのか……。

と、すぐにカツ丼登場、ややあってタヌキソバも出てきた。カツ丼は肉がいまひとつであるが、タヌキソバはかなりのレベルである。やはり出前の時よりも数段おいしい。ソバもなぜか打ちたての味がするし、おだしが上品でいい感じ。ありふれた街のソバ屋であるが、味は有名店のものとそう変わりないのではないだろうか。

お腹がいっぱいになって家に帰ると、夫はもう会社に出かけていた。もう一日休めばいいのにと思う。午前中は医者に行ったりしていたが、午後はもう出ていくのだ。タミフル飲んで。

タミフルの危険性について、あれこれ書かれているにもかかわらず、やっぱりみんなは飲むようだ。行きつけのお医者さんは言う。

「インフルエンザの時は、それだけでふらふらするんだから、それが本当にタミフルのせいかどうかわかりませんよ」

先週の「週刊文春」によると、タミフルを飲むと、たった一日治りが早くなるだけだという。しかし現代人はそれが待てない。うちの夫など、四十度の熱を出すとヒーッと大騒ぎし、すぐに医者に行って薬を貰ってくる。それも注射や、強い薬でないと納得しない。くれないお医者さんはヤブ呼ばわりだ。

「人間の体はさ、熱を出す時はそれだけの理由があるんだから、出すだけ出してみたらどう。強い薬使って抑えつけるって、違うような気がするけど」

と言ったところ、

「お前は新興宗教でもやってんのか」

と怒鳴られた。あちらはタミフル信奉者なのである。急激に下げて、大急ぎで日常生活に戻りたいからである。

「私が子どもの時はカッコン湯飲んで寝てたなあ。一週間ぐらい休めたから、本をいっぱい読めて嬉しかったなあ」

「私、ネギをガーゼにくるんで、喉をぐるぐる巻いてましたよ」

秋田出身のハタケヤマと、しみじみと昔の風邪の話をした時、ふとタイマーを見た。昨日の八分二十秒の数字で止まっている。ソバも病いも、そんなに急がせていったいどうするつもりなんだろう、私たちは。

……… 指導者とは

今日は変わったところへ出かけた。

そこはどこか。東大の本郷キャンパスに、後期の合格発表を見に行ったのである。

私の身内に、東大を受験したものなどいない。それでは何をしに出かけたのであろうか。

女優として、映画に出演するためである。

仲よしの精神科医、和田秀樹さんが言った。

「今度、映画をつくるんで、ぜひ出てくれませんか。資金難でお金は出せないけど……」

私は過去二回、映画に出演しているが、未だかつて出演料というものをもらったことがない。

ちょっと悲しい……。

まあ、そんなことはどうでもいいとして、和田秀樹さんは、医者としてだけでなく、最近は教育、受験のオーソリティとして知られている。どこかの雑誌には「受験の神さま」と書かれていた。

この神さまは、東大の医学部卒という学歴であるが、昔から映画監督か小説家になるのが夢だったそうだ。とりあえず映画監督から始めることにして、自分で資金を出し、一本撮ることになった。題して「受験のシンデレラ」。中卒の少女が、ふとしたことからやり手の予備校経営者と出会う。その経営者は末期のガンと宣告され、余命わずかである。彼は考える。金儲けばかりしていて、本来の夢をかなえることから遠ざかっていた。残りの人生、この少女に賭けてみよう。自分の持っているありったけの受験ノウハウを、すべてこの少女にぶっつけ、そして必ず東大に合格させてやるのだ。

「つまりこの映画は、エンターテイメントであるだけでなく、受験に役立つ知識もいっぱいなんです」

と、和田さんは言った。

「だから、ハヤシさんも協力してくださいよ、お願いします」

和田さんには、日頃いろいろお世話になっている。うんと高価なワインを飲ませてもらうのはしょっちゅうだ。そればかりではない。老人医療が専門の彼は、はっきりとこう言ったのだ。

「ハヤシさんの老後は、僕が看取ります！」

こんな方の願いを、どうして断われようか。

「それで、私の役は何？」

「冒頭に出てくる、セレブなマダムの役です」
台本を読む。バイトをしている主人公が、ふとテレビをつけると、東大合格発表の中継をワイドショーでやっている。いかにも金持ちの母子連れがインタビューに応じている。
レポーター「受験大変じゃなかったですか」
娘「ママが、とってもいい家庭教師を連れてきてくれたんです」
レポーター「お嬢さんへのごほうびは」
母「とりあえず、家族旅行に行きますの」
娘「パパとママとで、ハワイの別荘にね」
レポーター「へえ、ハワイの別荘ですか」
母「オホホ、国内にも二ケ所、あるんですの」
つまり、ものすごく嫌味な母親を演じるわけである。
「ハヤシさん、当日はうんとお金持ちっぽい格好をしてきてくださいね」
と和田さんに言われたので、一張羅《いっちょうら》のシャネルスーツに昔買った毛皮の衿巻、パールの二連をつけ、うんと大きいバーキンのバッグを持った。仕上げに赤い縁の眼鏡をかけたら、とてもそれらしくなった。
行きは和田先生が迎えに来てくれて、本郷に向かう。ここに来るのは二回めであるが、本当に大きい。ゆきかう学生さんは、みんな頭がよさそうである。

そしてロケバスの中で、私の娘役のお嬢さんと会う。現役の東大生で、ものすごい美人だ。なんでも何年か前のミス東大だったそうである。

私なりに、母親の演技プランを考えた。

「合格ならケイタイで大喜びで喋くりまくっているんじゃないの」

ケイタイを使うと、シロウトの私も何とか間が持つかも。よーい、スタート。

そしてレポーター（本物）が、マイクを差し出す。さすが東大生は何でも出来て、このお嬢さん、長いセリフも楽々こなしてすごくうまい。母親役の私はすっかり感心してしまった。

そして撮影はあっという間に終わり、その場で解散となった。

行きは主演女優なみに迎えの車が来たが、帰りはひとりで電車を使うことになる。が、カゼ気味なのと、このいやらしい扮装のまま電車に乗るのは気がひける。私は思いきってタクシーに乗ることにした。ノーギャラなのに、遠距離のタクシーはつらいが仕方ない。

やがて一台のタクシーが止まった。運転手さんは「実習」という腕章を巻いている。私が行き先を告げると、

「すいません、実習なのでわかりません」

頭を下げた。

「青山通りまで行けませんか」

「すいません、全くわかりません」

降りてくださいと、その肩が訴えていた。私は考える。今、降りるのは簡単であるが、この人のためにならない。本郷からうちまでは五千円ぐらい。昼間としてはかなりいい客のはずだ。私を降ろしたら、この人、ずうっとこのまま、怯えたまま仕事をするはずだ。

「私もこっちは初めてなんです。運転手さん、そのナビを使って。途中から私、わかります」

ナビを操作する指が震えていた。無理もない。ものすごくリッチ（そう）なおばさんがのってきて、エラそうに指示するのだ。しかしなんとかたどりついた時、気の弱そうな彼は再び頭を下げた。

「お客さん、本当にありがとうございました、助かりました」

いいえ、これでひとつ山を越しましたねと、受験指導者のようなエラそうな気分になった私である。

言葉のバランス

都知事選、もっと面白くなるのではないかと期待していたのであるが、そうでもなかった。石原さんが横綱相撲をとっている、っていう感じであろうか。

テレビの討論会を見ているとよくわかる。傲岸と大物ぶりは紙ひと重であるが、石原さんはそのスレスレのところで実に巧みにとどまっている。やはりあのバッシングで苦労したのか？

私はそろそろ新しい人をと考えていたのであるが、あの討論番組を見る限り、「もう仕方ないか……」という諦めがわいてきた。

「なんかシャクにさわるけど、今度の都知事選でわかったことは、やっぱり石原さんは大物ってことかな」

と私が言うと、

「もうひとつわかったことがある」

と友だち。

「黒川さんが、ものすごくヘンな、面白いおじさんだった、っていうこと」

彼によると、えらい世界的建築家なのだから、もっと高尚なむずかしいことを口にするかと思いきや、ユニークなことばかりで、

「ドクター・中松以上のいい味出してる。大ファンになっちゃった」

ということであった。

「どうして若尾文子さんみたいな人が、結婚したのか、不思議だなあ」

「あら、ご結婚の頃は、黒川先生も若き鬼才って感じですごくカッコよかったわ。それで、君はバロックだ、とか何とかおっしゃったんだから、若尾さんみたいな女優もイチコロだったんじゃないの」

と昔話をしても、若い友人はなかなか信じてくれないのである。

「それにしても黒川先生のあの喋り方は、プレゼンテーションで培われたものだよね」

私が想像するに、いつもどこかの都市や、どこかの国へ行ってえらい人たちと会われていたのだろう。あちらは既に「世界のクロカワがくる」緊張感でガチガチだ。そういうところへ行き、壮大な計画をぶちまける。反対する人など誰もいない。

「有難いことを教えていただきました一。わが国の発展のため、要らない土地はいっぱいありますので、好きなものをお建てくださーい」

そんな風に誰もがひれ伏してきた人生だったのではなかろうか。その人の話し方を見ていると、どんな風に今まで生きてきたかよくわかる。本当によくわかる。

おとといのこと、いつものように教育委員会のミーティングが開かれた。教育委員会というのはご大層な名前であるが、以前からやっているエンジン01という団体の分科会だ。私が一応教育委員長なので司会と進行をつとめる。六人か七人のメンバーが集まり、ご飯を食べながらいろんなことを話し合うのだ。

この時の費用はみんなワリカンで、ひとり一万円ときめられている。食べることにうるさい連中が多いので、事務局の女性たちも大変に違いない。しかし毎回流行りのおいしい店を見つけてくれる。

おとといはある場所にある和食屋さんであった。店のたたずまいといい、メニューといい、ごくふつうの店である。あらかじめ予約してあるので、店の片隅にある座敷を独占した。

今回のテーマは出張授業である。お申し出のあった地方の中学校へ、私らがチームを組んで講師となっていくのだ。六月は小樽の中学校へ、サエグサさん、和田秀樹さん、杉並の和田中の藤原和博校長が行くことになっている。すべてノーギャラであるが、お楽しみは夜の宴会だ。「おいしいものを食べて、みんなで八十過ぎのお婆ちゃんだけでやっているバーへ行こうよ」などという話をしていたところ、突然ひとりのオカマさんがやってきた。着流しに薄化粧……ここはどうみてもふつうの和食屋なのであるが……。

「会議も終わったみたいだし、そろそろ仲間に入れて頂戴ね。あ、おニイさん、私にビールを酌《つ》いでよね」

居酒屋風の店が、たちまちにしてあやしいオカマバーになってしまったのである。私たちは目をパチクリしてしまった。

「私はこの店のオーナーなの。ここにいるのは、有名な三枝さんね。私、ずうっと前からあなたのファンだったのよー」

しなだれかかる。藤原先生は危険を感じ、明日の朝早いからといって、すぐに帰ってしまった。

「私はね、インテリオカマっていわれてるのよ」

というだけあって、いろんなことに詳しい。この種の人たちに共通の、天性のユーモアと偽悪的な面白さがある。それはいいとして、離れない。一向に帰る気配がない。それどころか誰かが喋りかけると、

「お黙り！　オカマの言うことは聞くもんなの」

とピシャリと言われる。

それから急にむずかしい言葉を羅列し始めた。

「文明と文化は違うんですからねッ」

「あの人の生き方は、レディじゃなくてガールなのよ」

私は彼の発言を聞くたびに、彼を誉めそやしてきた、何百、何千人という人々の賞賛を想像出来た。

「お、鋭いこと言うね」

「なるほど、うまい言い方だな」

言葉というのはバランスで成り立っているから、常に需要と供給の問題だ。それを求めている人が多くなると、その手の話し方をしていくようになるのであろう。私の知っている女性は、いつもズケズケと口が悪いが、彼女のまわりにはそれを喜ぶオヤジがひしめいているからである。

私は考える。石原さんのあのもの言いも、あれを歓迎しているたくさんの人がいるからであろう。事実私のまわりでも、

「石原さんみたいに、はっきりとものを言ってくれるのは好き」

という人はいっぱいいる。それにしても次の知事になる方は防災の方も何とかしてください。さっき占いフリークの友人から電話があった。ものすごくよくあたる占い師に見てもらったところ、近々大災害があるから気をつけるようにと言われたそうだ。明日の東京、いったいどうなる？

………

さあ、困った

バブルが本当に来ているんだかどうだかわからないが、今、東京のレストランが大変なことになっている。

人気のレストランが、まるっきり予約が取れないのだ。一週間前に電話をし、週末の席をとろうなんてとんでもない。なじみのお店でも、

「ハヤシさん、八時半を過ぎたら、なんとか席を取れますけど……」

と言われる。十一時過ぎには寝る私にとってあまりにも遅い時間。

別に豪華なフレンチやイタリアンの店だから、というわけでもない。和食や中華の庶民的な店でも、およそおいしい、と言われる店なら週末はほぼ満席だ。

さっきも二週間後の金曜を押さえようとしても、どこもいっぱいである。

「ああ、本当にどうしたらいいんだ」

私は人をご招待する時、全力を遣う。まずいところで人にご馳走するぐらいつらいことはない。たとえ高級なところでなくても、とにかくおいしいものを出してくれて、感じのいいところと頭を悩ますのである。今も「東京いい店うまい店」（文藝春秋刊）を読んでいたら、なんと一時間もたってしまった。しかし初めての店へ行くというのはどうも気分が重い。年のせいで「人見知り」はかなり直ってきたが、「お店見知り」というのは、今も根強く残っているのである。

別に特別扱いをしてもらいたいわけではないが、しかし一見《いちげん》の客をひややかに扱う店が結構あって、その中にどうしても入っていけないことがあるのだ。いやーな記憶も幾つかある。

今回、懸案事項がふたつあった。まずは明日、若い女性編集者との会食がある。以前私の小説の担当をしてくれていた彼女は、今、週刊誌の記者として全国いろいろなところをとびまわっている。その都度、名産をうちに送ってくれるのだ。新潟からは干物、京都からは和菓子、次の週にはその土地で起こった事件が記事になって出てくる仕掛けだ。しかし可哀想に、彼女はあまりにも忙し過ぎて、細い体がますます痩せている。

「お礼に私がおいしいものをご馳走するから、少しお肉をつけて頂戴」

ということになった。女二人ぐらいどこか席を取れるだろうと、三日前からあちこち電話をしているのだがどこもいっぱいだ。

「ハヤシさん、ここにしたらどうですか」

と、ハタケヤマが提案したのは、私が入っている某クラブのレストランだ。「ハヤシさんの誕生月割引きクーポンもありますし」。あそこはいつも空いているが、味もまあそれなり……。あそこに招待したら、いかにも手を抜いていると思われる。念のため彼女に、

「〇〇クラブでいいかしら」

と問うたところ、

「最近は行ったことがないですけど……」

と、あきらかに気のりしていない様子である。もお、マスコミの若いコは贅沢なんだから。しかし、困った。明日の今日である、どうしよう。

そしてもうひとつの懸案事項は、二週間後の会食である。これにはシバリがふたつあって、ひとつはイタリアン、ふたつめは静かなゆっくりした場所、ということである。

半年前のこと、年下の男友だちA氏から食事の誘いを受けた。イタリアンレストランへ出向いたところ、もうひとり男性が。何でも彼の後輩だという。

「ハヤシさん、彼、独身なんで、誰か紹介してやってくれませんか」

はい、はい、わかりました、ということで、知り合いのお嬢さんをお引き合わせすることになったのである。A氏はイタリアンが大好物なのだが、普段は地方に住んでいるので、おいしい話題の店に行けない。

「ハヤシさん、ぜひ〇〇〇か△△△に行きたいんですが」

とリクエストされたものの、どちらも席を取れなかった。

困り果てた私は、料理雑誌の編集長に電話をし、ニューフェイスの店を紹介してもらった。そこへ予約を入れ、二階の半個室を取ってもらう。これで一件落着。

困ったのは明日の会食である。

「ねえ、和洋華、はっきりして。そうでないと先に進まないのよ」

ついに彼女に電話をかけた。

「じゃ、和食でお願いします」

和食というのはかなり難易度が高い。なぜならこちらも人気の店はすぐに席を押さえられているうえに、値段の高い安いではっきりと差が出る。時々法外なことをされる。以前、メニューにない鮑《あわび》やフグをどっさり出されて、後で青くなったことがある。

こちらは、食通で有名な友だちに電話をかける前に、以前連れていってもらった店を思い出して一件落着。

気がつくと、迷い始めて三時間はたっていた。こんなに時間がかかるのは理由がある。私にもシバリがいろいろあるからだ。
①早く出かけて早く帰りたいため、家の近くの店にしてほしいこと。いくらおいしくても、遠いエリアは候補からはずす。
②リーズナブルであること。ケチなことはしませんが、金に糸目をつけず、などということは

もちろんしない。

③今、〝春のダイエット週間〟のため、炭水化物とお酒を抜いている。

そもそもこの何年か、お鮨屋に出かけたのは数えるほどしかない。大好物であった鯛めしのお店にも足を踏み入れたこともない。そば割烹《かっぽう》というのも駄目だ。イタリアンへ行く時は、パスタをパスする。

が、こちらのシバリ、あちらのシバリを考えつつ、予算やムードを考え、お店を選び出すというのはかなり頭脳を遣う作業であるまいか。

だからお招ばれをして、あきらかにアタマも気も遣ってくれていない、とわかった時に、私はひどく不機嫌になる。

「そういうこと言うから、ハヤシさん、誘いづらくなるんだよね」

と言われても仕方ない。ああ、この執着と探求心を、仕事とダイエットに使ったら、どれだけマシになったことか……。

うちのテレビ

雑誌のインテリアページに出てくるおうちは本当に綺麗だ。無駄なものがなく、置いてあるものひとつひとつセンスがある。

「よし、うちの居間も変えてみよう」

と思いついた。

うちのリビングルームときたら、テーブルの上が見えない。ソファの上に私のバッグが三つ、四つ重ねて置かれているという悲惨さである。ここをすっきりさせて、薄型テレビを置いたらどんなに素敵になるだろう。

「そうだ、大型薄型テレビを買おう」

と決心した。

うちのテレビは大きいは大きいが、十五年前に買った旧式のものである。まだ充分使えるということで、ずっとこのテレビを棚の上に置いていた。実のところ、うちの家計は食べるものと衣服費にあまりにもかかり過ぎて、住まいの方にはまわらなかったのである。興味がなかったといってもいい。

「ちゃんと見えるんだからこれで結構」

が、どんなインテリアページを見ても、テレビは薄型と決まっている。私は夫に言った。

「私、この居間の大掃除をする。そのあかつきといおうか仕上げに、薄型テレビを買う」

私にしてはいちばん苦手なことを始めた。てれてれと慣れない作業を続けても、とても薄型テレビを買うところまでいかない。

疲れてテレビを見る。古い型のやつで。なごりを惜しむようにやたら見る。

その中でがっかりしたのは、NHKスペシャルの「松田聖子特集」であった。何人もしつこいぐらい、三十代後半から四十代の女性が出てくる。その大変忙しい日常を追うシーンが続く。彼女たちは言う。

「私たちも大変だったけど、聖子ちゃんも仕事をしながらの子育ては大変だったはず。だから共感できる」

だと。こんな卑近に安易に聖子をまとめようとするなんて、ファンとしては許せない。聖子がふつうの母親のはずはないでしょう。大スターで大金持ちの彼女は、子どもを産んだってアメリカへ行くことも出来るし、浮気だってしょっちゅうしていた（らしい）。夫や子どもや、いろんなしがらみよりも、自分の欲望を最優先させた女性、それが聖子だと私は思っている。だからカッコよくて今も可憐、年齢なんか超越しているのである。

テレビに出ていたファンの言葉の中では、

「聖子は揺るぎない存在だから好き」

というのが、いちばんあたっているはずだ。

それにしても聖子という人は本当にすごい。インタビューでは、急に殊勝な表情になり――、

「私もつらかった」

「私もみんなと同じように子育てに悩んだ」

などと目を伏せて言ってのけるではないか。本当に自分がそう思っているかは二の次にして、

「皆さんがそう思っているなら、そういうことにしてみましょう」

というヒトなのだ。

聖子という存在の化けものじみた大きさ、不可解さを語らずして何の「聖子特集」であろうか。

「聖子も子育てを乗り越えてきた、ふつうの母親なんです。だから女たちは共感しているのだ」

などという結論では、あまりにも情けない。

ＮＨＫといえば、朝ドラの「どんど晴れ」が最近面白い。さんざん手垢がついた設定といわ

れたが、私は物書きとして、このストーリー展開に非常に興味があった。なぜならNHKの朝ドラで、一流の脚本家が書いて同じことをするはずないと思ったからで、果してそのとおりだった。

そう、そう。今日、南海キャンディーズのしずちゃんが、別のドラマの中で着物を着ているシーンを見た。相も変わらず「お見合い」という設定である。私はこれを見るたび「やれやれ」と思う。

今どきお見合いに振袖を着る女がいるだろうか。いるとしたらまず天然記念物的存在である。たいていはスーツかワンピースだ。それがわかっているくせに、ドラマ製作者やCMをつくっている人たちは、「お見合い」というシチュエーションに、必ずここてこに着物を着た女を登場させる。そして男の方は、眼鏡をかけた堅物そうな男か、マザコンの男ときまっている。もうそりゃあ悲しくなるほどのステレオタイプなのだ。

今から十七年前、私は夫とお見合いで結婚した。知り合いのおばさんの家でひき合わされたから、

「知人の紹介で」

という言い方も出来たかもしれないが、私はあえて「見合いで」と発表した。その方が私らしくなくて面白いかなあと思ったのだ。

そのためにいろいろ反響があり、女性誌によく載っていたのは、

「見合いするぐらいなら、結婚出来なくたっていい」

というものである。ふん、人生を何も知らない若い女が何をほざくか、と私は思ったものである。見合いであろうと、略奪婚であろうと、幸せになった方が勝ちなのだ。

あれから時はたち、ますます結婚難の時代になった。みんなが結婚したくないわけではなく、本気でいい縁を求めている人も多いのにチャンスがないと口を揃えて言う。

「ハヤシさん、誰か紹介してください」

と言う人には、私は出来る限りのことをします（注・前項参照）。世の中には私のようなおせっかいなおばさんが、まだかなり生息しているはずである。が、

「見合いなんかしたくない」

という女のなんと多いことか。これは何度も言うように、ドラマやCM製作者の責任である。いつも似合わない着物を着せ、コミカルに揶揄してお見合いシーンを描く、このことによって偏見を持ち、結婚への手がかりを失くす女性は決して少なくないはずだ。テレビをつくる人たちの意地の悪さが少子化を招く。テレビはいつもいろんなことを考えさせてくれる。うちの古いテレビ見てもね。

………

運命

ある程度のトシになると、話すことといったら健康ネタ、というのは本当らしい。このあいだまで恋愛の話ばかりしていた友人も、

「○○を飲んでから体が変わった」

などというようなことばかり口にするようになった。

おまけに私の友人は親切なうえにお金もあるらしく、最初の一箱、一瓶を必ずといっていいほどプレゼントしてくれるのである。中には申し込み書が添えられている。私はそれを見ると、何とはなしに断わるのも悪いかナァと思い、ついオーダーしてしまうのである。おかげでただでさえ狭いわが家のあちこちに、ハワイの海洋深層水だのブルーベリージュース、ハチミツドリンクの段ボールが積まれるようになった。冷蔵庫の中には、朝鮮ニンジンの生ジュースもある。

もちろんいちばん重視するのはダイエットであるが、これはここのところ最悪の事態を迎えていた。正月のだらけた生活が尾をひいて、この数年間における最高値を記録したのである。私はしょっちゅうダイエットのことばかり書いていると非難されるのであるが、このところはっきりと自覚した。おいしい食べ物を友と食べるという私の最大の快楽と、ダイエットとは全く相反するものである。そしてこの戦いこそが私の人生のテーマなのだと。

ここのところ快楽のチームが全面勝利であったが、その間私はぶくぶくと太り顔が大きくなった。女性誌のグラビアに撮られるたびに身がすくむ思いをしなければならなくなったほどだ。そして心を決め、この三週間かなりストイックな生活をしたのである。ハワイの水を飲みながら、パーソナルトレーニングに精を出し、自分ひとりでダンベルもやり、二・五キロの減量に成功したのである。

そして昨日のこと。私はとてもゆううつであった。いったいどうしたらいいのかわからなかった。結果は明白なのに、どうしても避けられない事態が、今日の夜起こるのだ。

鮨屋を予約していたのである。そう、ダイエットの大敵、炭水化物のカタマリのようなお鮨を食べに行くのである。もう、どうしたらいいのだ……。

ヒトは言うかもしれない。だったらキャンセルすればいいではないか。いや、突然のキャンセルは悪いから、おつまみだけ食べ、後はお茶で四カンぐらい口にすればどうということはないではないか……。

が、話を聞いて欲しい。私が予約したのは、いま東京でいちばんおいしいと言われている店。人気もすごくて、一ケ月前に申し込んでやっと席を予約したのである。知り合いにせがまれ、私が電話を入れたのだ。

しかもその店は、決められた時間ぴったりに客が集まってカウンターに座り、ご主人が並べてくれるものを食べるという、選択が出来ないお店である。四カンだけ食べるなんてとんでもない。物理的に無理だし、心理的にも絶対に無理。なぜならそこのお店で出されるお鮨ときたら、魚がこんなに素晴らしいものかと目がくらみそうなおいしさなのである。以前行った時、カウンターにずらりと並ぶ十二人の客の中で、私がいちばん食べっぷりがよく、規定のものが出された後もずうっともの欲しそうな顔をしていたらしい。それを哀れんで、ご主人がこっそりのり巻きをつくってくれたが、それも絶品で、どうやら鮨飯もバツグンにおいしいらしい。

「もお、あそこに行ったら食べずにはいられない。ああ、体重がいっぺんにはね上がるのがわかってるのに……」

私は悩みもだえる。ダイエット中は体が敏感になっているから、すぐに反応するのだ。ああなることはわかっているのに、こうせずにはいられないつらさ。ナンカされるとわかっているのに、男の人の部屋にひとり行く女の心理とでもいうのでしょうか。それが嫌なわけでもなく、全力を使って避けるというわけでもなく、ただただ困っているという心理、わかっていただけるでしょうか。

が、私は努力をした。ドン・キホーテで「パンやご飯を食べる前に」というダイエットグミボールを買い、お鮨に備えた。パーソナルトレーナーの女性は言った。

「もう今日は仕方ありません。水を大量に飲み、直前に蒟蒻《こんにやく》畑を食べてお腹をふくらませてください！」

なんか緊急事態に備えるみたい。

さてお鮨屋へ行く前に、お仕事もしなくては。まずはフランス人の某有名シェフと対談があった。その方は、

「何か食べなきゃ話が出来ないよ」

と、次々と軽食を出してくださる。カナッペにケーキ、そしてボーヌの白ワイン。根っからの料理人のその方は、すすめ方もお上手。

「さあ、食べて、ちゃんと食べなきゃ帰さないよ」

またこれがどれもおいしいったらありゃしない。その後は某有名ホテルのティーサロンへ打ち合わせに行ったら、知り合いのマネージャーの方がアフタヌーンティーセットをご馳走してくださった。サンドウィッチにケーキ、スコーンがどっさり。どれもおいしく、ほとんどたいらげた。そして夜はお鮨屋へ行き、次々と出されるおつまみとお鮨を食べた。こうなったら日本酒も飲む。もちろん今朝体重は律義に増え、私はそしてこう結論を下した。

「肥満は私のせいではない。運命がそうさせるのだ」

ホテルの運命

　この頃、洞爺湖のホテルがやたらテレビに映っている。来年夏に行なわれる、サミットの会場に決まったのだ。ちょっと得意。

「どうして私って、こう勘が働くのかしらん」

　このホテルに、二ケ月前泊まったばかりなのだ。まだ雪がかなり積もっていて、平地に羊蹄《ようてい》山《ざん》だけが白く突き出ているさまは、ちょうど太古の風景であった。

　このホテルと私とは縁があり、オープニングパーティーの時にご招待を受けている。新千歳空港から車で一時間半もかかる場所に、東京や大阪から関係者や著名人といわれる人たちが集まったのだ。夜のレセプションは、男性はタキシード、女性たちもほとんどはロングドレスというでたちで、その華やかなことといったらなかった。人々はディナーをいただきながら、このホテルのあまり幸せではない生いたちを思い、今回大金持ちの経営者に引き取られた幸福を「よかった、よかった」と祝していた。

それほどこのホテルは、数奇な運命をたどっていたのである……。といっても私の知識はほとんど新聞や雑誌の受け売りであるが、まあバブルに翻弄された代表的な例であろう。

洞爺湖の山のてっぺんに、目をむくような豪華なホテルが建設されたのが、バブルの終わり頃の九三年だそうだ。このホテルへの融資が引きがねとなって、北海道拓殖銀行は破綻したといわれている。

あの頃の「ホテルエイペックス洞爺」に泊まった人はあまりいないと思う。記憶は定かではないが、九七年の秋頃であった。

「北海道にとんでもないホテルがあるから行こうよ」

と、友人に誘われたのである。

あまりの広さと客の少なさにびっくりした。レストランへ行っても、バーへ行っても私たち二人きりで、まるで貸し切りかと思えるほどだ。

女二人の旅であったが、部屋は別々にとった。あの時はすべての部屋がスイートクラスの大きさだったような気がする。大きなダブルベッドは、窓と向かい合うように配置されていて、目が覚めると朝焼けと湖の水平線がまず見えて、本当に感動的であった。

が、その夜もホテルはほとんど人がいない。あたりをチェックしたところ、売店は木工品のみを置いていたがセンスがよい。レストランもかなりのレベルであった。素晴らしいのがバーで、湖が一望出来る長いカウンターに、ベテランのバーテンダーがいる。しかも座っているのは私たち二人だけなのだ。

とはいうものの、ちぐはぐな箇所はところどころにあり、この素敵なバーのすぐ隣りは日銭を稼ごうとしていたのか、騒音をたてるゲームセンターだったのだ。

「このホテル大丈夫なの？」

と思わずビジネスウーマンの友人に尋ねたところ、

「いろんな噂があるけど、何かあったら北海道が助けてくれるんじゃないの」

という返事があった。しかしそれから何ケ月もたたないうちにホテルは倒産した。

そしてこのニュースを聞いた時、私の胸は痛んだ。たった二泊とはいえ、臨終期のホテルに泊まった印象があまりにも強かったからであろう。

あの頃、大金持ちに会う機会があり、私は直訴したものである。

「あのエイペックスホテル買ってくださいよ。とってもいいところだったんですよ。あのまま廃虚にしたらあまりにも惜しいですよ」

するとその方は言った。

「実はもういろんな話があったけど断わったよ。ホテルなんて金ばっかりかかって仕方ないもの」

そしていつしかホテルのことは忘れていた頃、再開するという知らせを聞いた。あの優良企業セコムが買い取ってリニューアルするという。

「よかった、よかった」

と私は胸をなでおろした。

今回久しぶりに訪れたのであるが、手をかけお金をかけて、ホテルはすっかり息を吹き返していた。広いロビーは、夕焼けの雪原を背景にして、白人の音楽家がハープをかなでている。プールは広いし、エステの設備も完璧。二月のシーズンオフなのでお客はまばらであったが、五月の連休や夏休みは満室だそうだ。

部屋は以前に比べるとかなり狭くなっていたが、あの無用なだだっ広さというのは、バブルの象徴だったかもしれない。私もいろいろなホテルに行っているが、ここはリゾートとしては最高のレベルであろう。スタッフの人たちも、都内の一流ホテルの従業員にひけを取らない。だけど、ものすごくお金がかかります……。レストランがどこも高級で、ちょっとカレーやスパゲッティを食べる、ということが出来ない。ミシェル・ブラスという三ツ星のフレンチレストランがあり、ここでお食事したりすると、もう大変なことになる。

「北海道に遊びに行ったつもりが、ハワイに行くぐらいかかっちゃった」

と私はかなりこぼしたものである。

しかしそれにしてもサミット会場に決まって本当によかった。このホテルは今、隆盛を迎えているが、地元の洞爺湖温泉街は、ちょっと淋しい風景だ。廃業したホテルも幾つかあると聞いた。日本人の遊び方が変わったせいらしい。そしてこれらの街を睥睨《へいげい》するように、すっくと立っているウィンザーホテル。思えばなんと女の人生に似ていることか。大金持ちの娘として贅沢に育てられたのに実父が倒産。やたらお金がかかる女と皆に敬遠され、おちぶれた時期もあった。が、大金持ちの養父が現れ、「随分苦労したね」といたわってくれ、今まで以上に豪華な衣裳やお化粧をしてくれた。そしていよいよ世界の社交界にデビューすることが決まったのだ。そういえば某女性誌で「スイートルーム」という連載をしている私。毎回いろんなホテルのスイートに泊まり、その都度短篇を書く企画であったが、あまりの忙しさに宿泊したのは最初の一回だけ。後は写真を撮ってくるだけというかなしい事態となっている。私はしんからホテルが好きなのだ。

意地悪眼鏡

うちにもやっと、待望の大型液晶テレビがやってきた。

「どうせなら大きい方を」

という夫の意見で、四十六インチを買った。すごい迫力だ。拡大鏡のように映っている人の毛穴まで見える。

「〇〇さんをこれで見たけど、皺がかなりあったねえ。びっくりしちゃったよ」

〇〇さんというのは、夫も会ったことがある女性のキャスターである。美人ということで知られているが、そう若くはない。整形をやるようなタイプにも思えないので、確かにいろんなものが見えたことであろう。

今まで見たこともないような大画面で、つい出ている人の「お肌チェック」をしてしまう私である。そして思った。やはり若い人は綺麗だ。朝の連続ドラマを見ていると、主人公の女優さんは肌が艶々と輝いている。キュッと張っている。毛穴もほとんど見えない。

むごいと思われるのは、シロウトの人々であろう。政治家の方々をシロウトと呼ぶのに異存がある人もいるかもしれないが、ま、テレビ出演に関しては無防備である。年配の有名な政治家を見ていたら、ヒェーッと叫びたくなるほど、シミがハイビジョンでしっかり映し出されていた。そして耳毛も……。

なんだか魔法の眼鏡を手に入れたよう。今まで見えなかったものがはっきり見えてきて、つい意地悪な気分で、チャンネルをまわしてしまうのだ。

やはり気になるのは、同じ年頃の中年の女性たちであろう。この頃雑誌の世界では、パソコン修整というものがあたり前になっている。いったん写した写真をパソコン処理して、肌の色はもちろん、シミ、シワも消してしまうのだ。ヘアメイクの人に尋ねると、

「何のために一生懸命しているのかわかんなくなってくる」

と批判的だ。カメラマンの人も、

「女の人の顔が、みんな駅貼りの大型ポスターみたいにのっぺりしてくる」

と言っている。それなのに、どうして急激にパソコン修整が拡まったかというと、撮られる側の女性たちが、それを要求するからに違いない。かくいう私も、時々お願いします。この頃はすぐにデジタルでわかるようになっているので、その場で見て、

「この顎のライン、何とかしてー。削ってー」

と頼むこともある。が、私の場合はたいてい、

「ハヤシさんは顔で勝負してるわけじゃなし」

と、やんわり編集者に拒否される。

「でもテレビは、雑誌と違っていろいろパソコン処理してくれるわけじゃないから大変だろうなぁ」

と、例によって意地悪眼鏡で見ていたら、ある女優さんの顔のアップが映し出された。ドラマなどのスタジオ収録だと、ライトはしっかり考慮されるだろうが、気の毒なのは、突然リポーターにとり囲まれた時だ。年下男性との熱愛が発覚したその女優さんの目の下には、ミミズばれのようなものが！　そう、私もやったことがあるからわかるが、コラーゲン注射の跡なのである。

美しさを誇る女優さんでさえこうなのだから、シロウトの女性となるともう目もあてられない。ワイドショーで取材される、事件現場の近所の奥さんときたヒには、もう気の毒で気の毒でテレビを消したくなる。まるで我が身を見ているようだ。

そして私はつくづく思う。

「もうテレビには出ないことにしよう」

うちなど遅い方で、この大型画面は、日本の家庭にかなりの率で普及していることであろう。よそ様のうちに行くと、たいてい大型画面だ。こんなもので自分の顔を絶対に見たくないと思

う。

と、まわりの人に言ったところ、

「あら、あなたの顔、このあいだテレビで見たわよ」

ＮＨＫのスポットＣＭのことを言っているのであろう。知り合いのコピーライターに頼まれて、他の作家の方々と意見広告のようなものに出たのだ。といっても、あれは、ものすごく強いライトの光とレフ板を使い、顔をぼやかしてくれている。頰づえをついているので、顔半分も見えない仕掛け。うちの夫も、

「うまく誤魔化してるなあ」

と感心していたものだ。

もともと私は、テレビにはほとんど出ない。せいぜいが年に、二、三回あるかないか。それなのに、ものすごい確率で初対面の人に言われる。

「いつもテレビ見てますよ」

これについてはもう諦めている。私がしょっちゅうテレビに出て、ＣＭ出演や司会をしていたのはもうかれこれ二十年前のことであるが、その残像はまだ人々の胸に強く残っているらしい。あるいは、年に二、三度の出演でも、すごいインパクトを与えるのか……。

仲のいいファッション誌の編集者たちも、私がテレビに出るのは反対である。

「業界が別のテレビの人は、僕たちと違って、ハヤシさんにひとかけらの愛情もありませんか

らね」

これは本当。ファッション誌のグラビアに出る時の、彼らの気を遣ってくれることといったらない。少しでも私を綺麗な中年のおばさんにしてくれようと、ヘアメイクの人やカメラマンにあれこれ指示し、納得いくまで私の顔の角度をあれこれ試す。いちばんシャープに見えるようにだ。だから私は、デブになるたびに、彼らに対して申しわけない気持ちでいっぱいになるの。

が、同じ会社の別のセクションは、別のことを言う。

「ハヤシさん、新刊のプロモーションのために、もっとテレビに出てくださいよ」

「あの番組に出てくれれば、売れ行きは上がるんですよ」

その狭間で揺れる私。が、決めていることはある。テレビに出たら、絶対にうちの大型画面では見ない。あの意地悪眼鏡で自分を見る勇気はないのである。

………

素敵なお仕事

ケチなことは言いたくないが、人間ある程度の年になると、お金を貰えないことばかり増えてくる。友人がらみだったり、ボランティアの仕事だ。

仲よしのサエグサさんは、私の倍ぐらい忙しい方であるが、ある時からスケジュール帳を色分けしたそうである。黄色はタダ、グリーンはギャラを貰える仕事と分けていたら、手帳のほとんどが黄色に染まって愕然《がくぜん》としたという。

が、友人はこう言う。

「ハヤシさんみたいな人は、家に閉じ籠もって書いてるより、タダでも何でも外で楽しく忙しくしてる方がずっといいんじゃないの」

なるほどなアと思う。

文化人の団体、エンジン０１の幹事長サエグサさんの方針ははっきりしている。

「タダの仕事は絶対にひとりでは行かさない。気の合った人との宴会つきということにする」

というわけで今週は、四人で北海道小樽へ行ってきた。エンジン01の教育委員会という分科会は、出張授業を全国から受け付けている。講師は全員もちろんタダ、寄付金としてJALからいただいているチケットを使うので交通費もゼロ。今回は宿泊だけ負担してもらった。内容はサエグサさんがコーラス指導と音楽史、杉並和田中学校校長の藤原和博さんが有名な「よのなか科」、精神科医で教育評論家の和田秀樹さんが「社会のしくみ」を担当した。ちなみに私は「文章の書き方」。

インターネットで応募してくれた、この小樽の中学校が選ばれたのには理由がある。他に応募がなかったのと、小樽という土地による。

「お魚がおいしそう。いいじゃん」

ということで決定したのだ。授業が終わった後、ワリカンで郷土料理屋さんで宴会をした。

「この後は、女の人がいるバーへ行こう」

とサエグサさん。といっても、そのバーは、八十三歳の元芸者さんがひとりでやっているカウンターだけの小さな店だ。サエグサさんと最後に行ったのは四年前のことである。

「生きてるかな。生きててもお店やってるかな……」

「あの時番号ケイタイに入れといたから、電話してみよう」

そうしたら、

「やってるわよ」

というぶっきら棒な返答があった。

そんなわけで、いつもすぐに帰る藤原校長を除いたみんなで、そのバーへ行った。オーナー兼ホステスの元芸者さんは、生きてるどころか、相変わらず若くて綺麗。が、私たちのお酒と、隣りの席のお客さんのお酒がごっちゃになってしまったのには閉口したが……。

そして二日後の今日は、「じゃがいもの会」のコンサートへ。歌手の森進一さんと対談した時、

「ハヤシさんも何か協力してくださいよ」

「じゃ、募金箱を持つおばさんに」

と答えたのが三年前。そしてずっと出させていただいたのであるが、「じゃがいもの会」は、今回で二十三年の幕を閉じるそうだ。この間、難民の人たちに約四億八千万円の純益寄付をしたというからすごいことではないか。こんなことが出来たのは、森進一さんはじめ多くの歌手の方々が、みんな無償で出演されていたからである。

タダで出演といっても、私らとは条件が違う、スケールが違う。元手がかかっていない私とは違い、スターの方々は、豪華な衣裳を次々と着替えるし、当然ヘアメイクの人や付き人も何人もついてくる。経費も時間もすごくかかっているはずだ。それなのに毎年皆さん快く出演されてきたのである。

ちなみにコンサートではあたり前のことらしいが、拘束《こうそく》時間がすごく長い。三時半にNHKホールに入り、終わるのは十時近いのだ。私はコンサートが始まる前に募金箱を持って客席をまわり、後はフィナーレに出るだけなのでかなりひまを持て余してしまう。楽屋でひとりぼっちで本を読むのもつまんない。

「もう最後だから、一緒についてきてくれないかなア」

と仲よしの編集者に頼んだら、

「行く、行く、面白そうだから行く」

とマガジンハウスの編集者がマネージャーとしてついてきてくれることになった。「ａｎａｎ」の編集をしている彼は、日頃有名人には慣れているはずであるが、スターをこんなにいっぺんに見るのは初めてだそうで、すごく興奮していた。

「黒柳徹子さん、三十センチ至近で見ましたよ。感激でしたよ」

私は舞台の袖に彼をひっぱっていった。

「今日のご褒美に、森進一さんのナマ歌聞いてったら？　もうじーんとするよ。名曲『おふくろさん』は聞けないけどさ」

若い彼であるが、森さんの「襟裳岬」を近くで聞いたら、すんでのところで涙が出てきそうになったそうだ。

「マジでいいッすね……」

そしていよいよフィナーレ。私にもすごいご褒美が待っている。最後に出演者が全員舞台に立ち、「川の流れのように」、「ふるさと」を歌うのだ。NHKホールの舞台で、森進一さんと橋幸夫さんにはさまれて歌う。こんな出来事が私の人生に訪れるとは！　もちろん声高らかに歌いましたとも！

そして高揚した気分のまま外に出ると、楽屋口に大変な数の若い女の子がいる。どうやら出演した関ジャニ∞（ジャニーズの若手）を待っているらしい。女の子たちは私のことなど無視であるが、ひとりだけ、

「あ、お疲れさまでした。握手してくれます」

と近づいてきた。

「うん、いいよ。今、関ジャニ∞の〇〇君とも握手してきたばっかりだし（ウソ）」

その後、すごい騒ぎになった。キャーッという悲鳴と共に、何十人という女の子が私に突進してきたのだ。

「ハヤシさん、どうしてそうくだらないことするんですか」

私のマネージャーはため息をついていたが、今夜だけは間接的にスター気分になった私である。

鉄子の気配

長いこと、私には「鉄っ気」がないと思っていた。今、何かと話題の「鉄道オタク」の気配があるかないかということである。

昨年のこと、小説の取材でとある地方へ行った。この時どうせならタイアップでグラビア撮影もということになり、JRの広報の方もいらした。まだ若い男性である。

新幹線から私鉄に乗り替えたところ、いちばん前の車輌であった。運転室の後ろに立つと、ガラス越しにまわりの景色がよく見える。運転士さんの後ろ姿さえなければ、まるで自分がこの車輌を操作しているかのようだ。それが楽しくて、しばらくそこにいたら、広報の方がいらした。車窓を見る目がキラキラしている。

「やっぱり鉄《てつ》ちゃんですか」

と尋ねたところ、

「ＪＲに勤めるような者は、みんな鉄ちゃんです」

というお答え。働く人のすがすがしさがいい感じであった。

鉄ちゃんといえば、私のまわりにもっとすごい人がいる。鉄ちゃん、などという可愛い名称がついて、世の中からこんなに認知されるずっと前のことだ。いい年をして鉄道オタクの男は、ちょっと変わり者と見なされていた時代のことである。

ある出版社の編集者をしているその人と、取材旅行に行くことになった。静岡へ向けて「踊り子号」に乗り込む。この時私は知らなかったが、乗っていた列車は新型車輛だったようだ。おそらく彼がそう手配していたに違いない。やがて隣りに座っていた彼は、そわそわし始めた。

「ハヤシさん、ちょっと見てきていいですか」

「どうぞ」

しかし何が見たいのか全くわからない。彼はやおら立ち上がり、車輛のいちばん前に進んでいった。そして天井の曲線や、ドアや窓を触り始めたのである。

驚いた。目はうつろになり、唇は恍惚《こうこつ》として半分開いている。幸いあたりには、ほとんど人がいなかったからよかったものの、あれでは「アブナい人」と思われても仕方ない。

あれから十数年がたち、聞いたところによると、彼はその方面の権威となり、本まで出している そうだ。部屋にはすごいゲージがあり、「鉄ちゃんのカリスマ」という人もいるという。

ただしまだ独身だそうであるが……。

そういう人たちに比べ、私は「鉄っ気」がまるでないと思っていた。「大正天皇」の著書で知られる歴史学者の原武史さんは、鉄道ファンとしても知られている。この方のエッセイによると、男の子の鉄道オタクはいっぱいいても、女性のそれをほとんど聞いたことがないそうだ。それでもと、原さんが名を挙げたのが酒井順子さんで、最近はそちらの方でも著書がある。この酒井順子さんに刺激を受けてか、この頃、いろんな女性が「私も実は……」と名乗りを上げている。今まではちょっと世間をはばかっていた、ということであろうか。

私も「鉄子」と名乗るつもりはないが、この頃やたら列車に乗っている。親が年とって山梨に帰ることが増えた。

中央線は、原さんも「桃源郷のよう」と絶賛されたぐらい、美しい土地を走る。春はピンクのカーペットを敷きつめたように桃畑が拡がり、今の季節は新緑が綺麗だ。

ひとりの時はグリーン車にして、単行本二、三冊を持っていく。中では車内販売から何か買う楽しみもある。私は今まで、車内販売を素通りさせたことはほとんどないと言ってもいいだろう。コーヒーはもちろん、甘栗、ナッツ、イカのくんせいといった類のものを買う。

コーヒーを飲みながらナッツを齧《かじ》り、本を読む。そして八王子を過ぎた頃からは、窓の景色を楽しむようにしている。そして私は、飛行機や車よりも、ずっと鉄道が好きな自分に気づいたのだ。

どこか地方へ行く場合、同じぐらいの時間だが、飛行機と鉄道のどっちがいい、と聞かれたら、迷わず鉄道、と答えるであろう。飛行機の場合、まず羽田までが遠い。それに乗ったら乗ったで、いろいろうるさいことを言われないかと緊張してしまう。シートを倒してうとうとしていて、時々ビクッとすることがある。

「あ、いけない、もうシートを元に戻す時間かもしれない」

そして今、飛行機ではなく列車に乗っているのだとわかった時は安堵感がわき上がる。ハンドバッグも膝の上ではなく、床に置いておけるし、シートも倒したままでＯＫ。

このあいだも、機中で気持ちよく居眠りしていたら、若い客室乗務員に起こされた。

「お客さま、もうじき着陸です。シートを戻してください」

見ると私のシートは、ほんの一センチかそこら後ろに倒れていたのである。せっかくの眠りを破られた私は、むっとして言った。

「このシート、最初からこうなっていたんですよ」

すいませんと彼女は謝ったが、うるさい客にはとりあえず謝罪しろというマニュアルがあるのではないかと思われるほど、そっけない言い方。

「あなたたちがさっきチェックした時、見すごしてしまったほどのわずかなズレじゃありませんか。そのために寝ている客を起こすなんて、そんなマニュアルどおりのことをしても仕方ないはずよ」

もちろん後半の部分は口に出さなかったけれども、飛行機の外も中も、近頃やたらピリピリしてませんか。

そこへ行くと、満席でもない限り、列車の中はおっとりといい雰囲気である。が、このあいだもゆったりと席に座り、チューチューウーロン茶をすすっていた時、

「あんた、席を間違ってるよ」

と男性の声。そんなはずないでしょう、と居直ったが、すぐに思い直した。乗り物に座り、後から人が来た場合、相手が間違えていたことが一度でもあったか。もう一度チケットを見た。日にち、席番は合っていたが、列車を間違えていた……。最近、自分で画面表示を見て買っているのがミスの原因である。本当の鉄子はこんなドジはしない。

……

スターの結婚

お芝居を一緒に見に行くはずだった友人から、キャンセルのメールが入った。

「ごめん、紀香の披露宴行くの忘れてた。前日から神戸へ行くもんでゴメン」

そうか、藤原紀香さんの結婚式か、いいなァ、羨しいなァ。わたしは十二、三年前、紀香さんと対談で一度おめにかかったことがあるが、ただそれっきりの仲だから、披露宴には招んでくれるはずもないしなあ……。

などということをちらっと考えたのだが、それきり他人サマの披露宴のことなど忘れてしまった。そして昨日、家に帰ってテレビをつけると、ちょうど披露宴の中継をやっているではないか。〆切りがいっぱいあったのだが、じっくり見てしまった。

次の日、何人かの人に会ったら、結構みんな中継を見ていた。そうでない人は朝のワイドショーでじっくり確認したらしい。

「久々に派手な披露宴だったから、つい見てしまった」

という意見が大半だ。そうだよなあ、最近の芸能人というと、たいていが地味なデキちゃった婚ばかりでとてもつまらない。発表も自分のＨＰだったりしてイヤらしい。まるで式を挙げないことが、知的で今風だと思っているようである。

うちの母さえ言っている。

「芸能人は人気に支えられているんだから、恩返しや、社会に還元する意味でも、結婚式にはうんとお金をかけなきゃね」

私もその意見に賛成である。テレビの報道によると、紀香さんの披露宴は五億かかっているという。久々に大衆が興奮するわけだ。演出もいろいろあって、見ている者としてはとても楽しかった。しかし、松田聖子ちゃんや郷ひろみさんといったビッグスターの挙式を、リアルタイムで見た者としては、少々不満が残る。神戸でやったせいもあるかもしれないが、出席者もいまいち小粒だったしなあ……。

「それとさァ、紀香のウェディングドレスもさ、あんまりよくなかったよねえ。お色直しの赤いドレスの方がずっといいじゃん」

「そう、そう、あれだけ美人でスタイルがいいんだから、ヴェールもパーッと華やかなのにすればいいのにさァ、水晶玉の占い師みたいなヘンなヴェール」

「紳助ってさ、紀香に惚れてたんじゃないの。そうでなきゃ泣くかしらねぇ」

「郷ひろみってやっぱり大スターだよね。それにひきかえ、もうひとりのサプライズとかいう芸人の歌のしょぼいこと」

「あの弾き語りは、余計だったんじゃない」

仕事先でお弁当を食べながら、話のはずむことといったらない。全く有名人の結婚ぐらい次の日の話題を提供してくれるものがあるだろうか。おそらく今日、日本全国の職場や学校で、昨日の披露宴のことが話のネタになっているのであろう。

そして誰かが言った。

「じーっと見ちゃったけど、見ているうちに恥ずかしくなっちゃったよね。あんだけ臆面もなくやられると、恥ずかしいよねー」

この意見にみんな頷く。

「だけどさー、みんなヤワラちゃんの結婚式も中継でやったの見てたんだよ。あれに耐えられたんだから、紀香のなんかどうってことなかったよ。とりあえず、彼女すっごく綺麗だったしさー」

これからマスコミ側の反応がいろいろあるだろうが、まず流れはこのカップルに好意的なのではないだろうか。新郎の陣内さんは、紀香さんとの結婚によって知名度は全国区になり、「とてもやさしくて誠実な人」というイメージが出来上がった。それより何より、紀香さんの経済効果は大である。ちょっとトシマになり、ちょっとオチメになったたって言われたって、紀香さんが天下の美女であることに変わりはない。その気になりさえすれば、プロ野球スターだろうと、ＩＴ長者だろうと、財界のジュニアとだって結婚できたであろう。しかし彼女が選んだのは、年下のずっと「格下」といわれるお笑い芸人である。このことによって紀香さんは、

「男を内面で選ぶえらい女」

ということになったのである。

しかし私は考える。

「女にとって、嫉妬はされることなく好感を持たれるのと、好感は持たれなくても激しく嫉妬されるのとどちらが幸せなんだろうか」

そういえばどこかの女子アナが、外資のエリートにしてセレブとかいういいところのお坊ちゃんと結婚した。この時多くの女性が反撥したものである。

「ふん、あの女って、いかにも上昇志向の強そうな女だもんね」

が、紀香さんのことを悪く言う女は誰ひとりいない。なぜなら彼女は、こんな美女でありながら、リングに立とうとしなかったからだ。その資格もないくせに、リングに上がりたがる女が近頃多過ぎる。それに比べて、紀香ってなんて気高く無欲なんだろう。欲がない美女を、女たちは無条件に愛するのである。

ところで、くだんの友人に私はさっそくメールをうった。

「紀香の披露宴どうだった？」

返事がすぐ来た。

「私は業界のはしっこの席だったので親族席に近かったから、いろんなものが見えたわ。紀香のお母さんって、ものすごい美人でびっくり。それから駅やホテルのまわりは野次馬でいっぱいだった。タクシーが着くたびに中をのぞき込むの。私なんか『なーんだ、芸能人じゃないじゃん』といわんばかりの態度されたわよ」

何のかんの言っても楽しそう。しかし実はこの私も、秋に思いきり派手そうな披露宴にふたつ招待されているのである。

ひとりは芸能人で、なんでもお色直しを五回するんだとか。思い出すなあ、聖子ちゃんの披露宴に招待された日のことを。あれがスターと呼ばれる方にお招きを受けた、ただ一度の宴だった。引き出物のグラスは今でもうちの家宝である。人はスターの結婚式で時代を記憶していく。それだけスターの結婚って大切なものなんだ。

………私、地元主義

今年の五月、私にとって画期的な出来事が二つあった。

十五年の長きにわたって、在籍していたスポーツクラブを退会したのである。

ここが設立されたのは、バブルの最中だったので、日本でいちばん贅沢なクラブと言われた。目をむくような入会金であったが、独身貴族だった私はなんとか払った。

が、五年後バブルが崩壊した時に、このクラブは趣旨を替え、やや大衆路線をたどろうとした。その際も大企業の経営ゆえにとても良心的で、新しい入会金との差額分をそっくり返してくれたのである。その頃私はお金に困っていた時期で、差額分はそっくり、右から左へ税金に消えてしまったはずだ。

とはいうものの、そのクラブが東京でも一流であることには変わりなく、大物芸能人や政治家、有名スポーツ選手が通っているという。

「通っているという」というのは、この十年間というもの、私はほとんど足を踏み入れていなかったからだ。ごくたまに附属のラウンジでお茶を飲み、精算しようとするといつも、

「お名前は」

と聞かれる。もう汐時かなあと思っていたのであるが、生来のだらしなさと楽観的予想で、

「もしかすると、バリバリスポーツするようになるかも」

と考えていたからである。が、このトシになって自分の性格がかなり認識出来るようになった。根性のない私が、地下鉄やタクシーを使って、遠くのジムへまず行かない。

秘書のハタケヤマが請求書を見せながら言った。

「ハヤシさん、もう今年でやめましょうよ。本当にもったいないですよ」

そりゃそうだ、全く行かないスポーツジムに会費を払い続けることぐらいもったいないことはない。それも十五年間もである。

ハタケヤマが退会手続きをとろうと電話をしたところ、相手の方も、

「そりゃそうですよねえ。これだけ長いこといらしていませんものねえ」

と言ったそうだ。

そしてこの名門クラブを退会すると同時に、私は駅前のジムに入った。毎朝ここを通るたびに、六時半からやっているのならちょっと汗を流してみたいなあ、と思うようになったのである。

仲よしの隣りのマンションの奥さんと、最近毎朝行く。十時までのモーニング会員になったので、月額五千五百円という安さである。それなのにプログラムは非常に充実していて、八時過ぎから「下半身ひきしめ」や「スリムジョブ」といった講座が並んでいる。朝の七時半に入り、軽く走ってその後マシーンを使い、そしてプログラムに参加するのだ。

地元のおじさん、おばさんばかりで、有名人や芸能人はひとりもいない。のびのびと、体を動かすことが出来る。知り合いも誰もいないから、ミエを張ることもない。体の線がはっきり見えるウエアを着る。拷問のようであるが、鏡でちゃんとこの姿を見る。なにせ庶民的なところであるから、シャワーの施設もイマイチだし豪華なバスローブもない。が、それが何だろう。そのまま家に帰ればいいだけだ。

そして私はつくづく思う。

「地元は何ていいんだろう」

このところ私がモットーにしているのは、

「遠くのカリスマよりも、近くのふつう」

ということである。地下鉄やタクシーに乗って行くぐらいなら、地元のふつうの店にしようということだ。よって美容院やネイルサロン、飲食も駅前にしている。カットこそ六本木の有名店に行くが、お出かけブロウぐらいは、地元のサロンにする。そしてネイルも駅前店に決めた。ネイリストの誰それにたまにやってもらうよりも、頻繁にしてもらった方がずっといいことに気づいたからである。

といっても、ネイルサロンは相性がある。この頃増えているチェーン店方式のところは、元ヤンキー系が多い。男の人にはわからないだろうが、ネイルしてもらっている最中は、手だけ動かしているのでかなり会話を交さなくてはならないのだ。しかし、元ヤンキー嬢との接点はなかなかむずかしい。

「ＫＡＴ－ＴＵＮの赤西クン、帰ってきてよかったねえ」

などと若いコにおもねる会話をして、どっと疲れることがある。

が、私が駅前で見つけたネイルサロンはとても感じがよい。四十代ぐらいの女性ふたりがやっているのだが、お互いに話す時も敬語を使っている。

「申しわけありませんが、それをとっていただけますか」

「もうお時間、よろしいんじゃありませんか」

元ヤンキーではなく、元スッチーではないかと私は見当をつけている。仕事中は敬語を使い合うのが彼女たちの特徴である。

そして言葉だけではなく、心づかいもすごい。ここで先週、私は生まれて初めて、睫毛《まつげ》カールというのをした。

「この頃、年とっちゃってえ、ビューラーでやっても睫毛が上がらなくなっちゃったのよ」

と訴えたところ、

「お客さまの睫毛は、特に濃くて長いから、重みがあります。だからなかなか持ち上がらないんですよ」

なんとやさしさに充ちた言葉であろう。このあいだなんか、あまり馴じみのない美容院に入り、

「抜け毛が多くって」

と言ったところ、

「お客さん、年とるとみんなそうです」

と言われてむっとした。全く口の利き方を知らないコばかりだ。そこへいくと「マイ美容院」の気遣いは心憎い。この他「マイ本屋」、「マイ喫茶店」、「マイそば屋」、「マイケーキ屋」、「マイイタリアン」と、いい店もいっぱい。都心ではなく、住宅地の店は、どこもおっとりと居心地がよいのである。

………

後まわし

社会保険庁のニュースを見聞きするたびに、私は友人のA氏のことを思い出す。彼は東大法学部から一流官庁官僚という典型的なエリートコースをたどり、今はプータローという人だ。なぜプータローになったかというと、選挙に落ちたからである。

こういう場合、本人も気の毒だが、奥さんも気の毒だ。エリート官僚夫人だったのが、ある日突然失業者の奥さんになってしまうのである。

しかし奥さんたちは頑張る。夫への愛情がストレートな行動に変わるというのは、政治家の奥さんならではであろう。お嬢さん育ちの人が、夫の選挙区の田舎へ行き、地元の人になじもうとするのはよく聞く話だ。

私は何年か前に選挙をテーマにした小説を書くため、何人かの奥さんにお会いした。その時話が出たのが、有名政治家のB氏の夫人のことだ。東北の選挙区へ帰った時、お姑さんに言われたのは、大学院卒の学歴を絶対人に知られないようにということだったという。それからお姑さんは子どもを産んだばかりの夫人にねんねこを着せた。この格好で後援者のところをまわるのである。こんな風に政治家の奥さんは、夫と労苦を共にするのである。よく女性関係で叩かれる政治家を、奥さんは必死で庇《かば》う。「私だけは信じています」という発言が不思議だったが、当選を共同作業の結果と考えるとよくわかる。夫の当選は妻の努力の結果でもある。それを他の女ごときで、みすみす無にしていいものだろうか。

話がかなりそれてしまったが、そのA氏が私に言ったことがある。

「俺たちプロのガリ勉はさ、ちゃんとコツをつかんでるわけ。試験の時、パッと見てやれそうな問題から解いていく。あのね、東大っていうのは、八十五点取れれば入れるわけ。だから確実に八十五点取るために、解けそうもない問題は手をつけない」

たとえばおおかたの問題を解いて、あと十分あったとする。

「並の秀才はさ、その十分間であと一問解こうとするんだけどさ、俺たち子どもの頃からのプロのガリ勉は、そんなこと絶対にしないよ。十分間で自分の解いた問題をチェックする。だって八十五点取れればいいんだもん。出来ない問題は手をつけない。これって俺たちの鉄則」

そして彼は続ける。

「こういう習慣が骨までしみついた俺たちがみんな東大出て官僚になる。だからむずかしいこと、出来そうもないことは、みんな自分がしないで後まわしにする。だって官僚ってそういうもんだから仕方ないの」

私は社会保険庁のていたらくを見るたびに、ああ、彼の言ったことは本当だったのだなァと納得するのだ。

まあ、テレビのチャンネルをまわしても、嫌なニュースばかりだし、梅雨に入ってじめじめしているし、こんな時はおいしいものを食べるに限る。

私はおばさんの例にもれずデパ地下をまわるのが大好きだが、最近いろいろなところがリニューアルして本当に嬉しい。しかもどこも和のスイーツが充実しているのだ。

このところ私の嗜好に変化が生じ、アンコものがやたら好きになっている。ケーキやチョコレートはめったに食べたいと思わないが、アンコものになるともう自制心がきかない。どうやら「菓子屋の孫」というDNAが、年をとるにつれて出てきたようである。幼ない頃は隣家の祖母のところへ行き、カステラの端っこや、水飴をよくもらっていた。最高においしかったのは、残り物のアンコでつくってくれたアンミツだったっけ。

私のこういう好みを知ってか、このところうちにくださる手土産は和ものが多い。

昨日のこと、ある出版社の方が、私の大好物の「うさぎや」のどらやきをどっさり持ってきてくださった。予約しないと、こんなに大量には買えないそうだ。焼きたてでおいしそう。

さっそくぱくりといただく。

「まあ、相変わらずのいい食べっぷりですね。もう一個召し上がってくださいな」

などと言っている間に、あたりにはものすごくいいにおいが漂ってきた。うちの応接間の床には、見慣れないオーブントースターが置かれ、中にはお芋が入っている。いいにおいはそこから伝わってくるのだ。

どうしてうちの応接間で芋を焼いているか、これには深い理由がある。

昨年のこと、私がある島へシンポジウムに行き、そこでおいしいお芋をご馳走になったことを書いた。その島では、今度特産のそのお芋を、全国的に売り出すそうで、ゆくゆくは「鳴門金時」のようなブランドにしたいそうだ。

「ついてはハヤシさんに推薦の言葉を」

ということでお話があった。その日は県の観光局の方もいらして、島特産の焼酎を二本くださった。有難いことだ。私も頑張って協力しようではないか。

「あ、そろそろお芋が焼けました。ハヤシさん、召し上がってください」

パカッとさっきのどらやきのように半分に割ると、黄色いほくほくした身が湯気をたてている。ねっとりとしていて本当に甘い。コクのある甘さで、まるで天然のスイートポテトのようだ。

それはいいとして、撮影がものすごく長くかかったのである。顔写真をちょっと大きくしたぐらいのサイズと聞いていたので、化粧もろくにしていなかった。しかしカメラマンの方は、助手も連れていらしてライティングも凝っている。

「ハヤシさん、もっと笑って。もう一回お芋を手に持って食べてください」

皆さん一生懸命やってくださっているのだから嫌な顔をしてはいけない、と思うものの、一時間以上、お芋を食べ続け、喋り続け、笑い続けるのはかなり疲れた。そして私は結局三個近く食べていたのである。どらやきにお芋三個！

ダイエットをいつも後まわしにしている私である。

ニュースの中心

……

山国の少女

　つい先日のこと、雑誌の座談会があった。場所は神楽坂のお料理屋さんである。マグロが名物と看板に書いてあるだけあって、おつくりが大層おいしかった。それだけではない。最後に大トロ、中トロ、赤身の三種の握りを出してくれたのであるが、これが絶品。私などひと足先に帰った人の皿まで奪って食べるというさもしさである。

　が、二皿ぺろりと食べると、やはり自分のしたことが恥ずかしくなってくる。

「いやぁー、マグロも今のうちに食べとかないと、食べられなくなっちゃうから。ほら、蟹も最近厳しくなってるから、蟹もマグロもどんどん食べなきゃね」

　言いわけがましく言っていたら、それどういうこと、ともうひとりの作家の方に尋ねられた。

「知らないんですか。今、世界中でマグロを食べる人がどんどん増えてるんですよ。今まで日本人が独占してきたんですけど、この頃はいろんな国の人がおいしい、おいしい、って」

「特に中国人がすごいらしいですよ」

と編集者。

「何でも最近のチャイニーズのお金持ちは、マグロに目醒めてしまい、争って食べているそうです」

「それってまずいんじゃないの」

と某作家。

「ああいう食いしん坊の十三億の民に、マグロの味を覚えさせるなんて、将来大変なことになりますよ。日本の食べる分なんてなくなっちゃう」

食べるようになったのは中国の人ばかりではない。アメリカ人やヨーロッパ人も、みんなお鮨が大好きだ。このあいだまで、

「生のお魚食べるなんて、気持ち悪い」

なんて言ってた人たちが、マグロやイカの味に目醒めたようで、そういえば三年前にパリに行った時も、回転寿司がすごい人気だったっけ。

「いっそのこと、パリとかニューヨークの街角で、マグロ解体ショーをやればいいのにね。日本人ってやっぱり残酷でヤバンな人たち。こんな人だから、生のお魚なんか食べるのね、って風に思わせないと、将来マグロは食べられませんよ」

と私は本気で案じているのである。

まあ、それにしてもマグロの問題って、両国の根本的なものかもしれない。中国は経済発展を阻止するものとして、CO²ガスの規制に反対している。

「お前らがひと足先に金持ちになっていて、後から俺たちのすることにケチつけるのか。シバリを入れるなんて冗談じゃない」

この論理って、マグロにもあてはまる。

「自分らがさんざん食べちらかしといて、俺たちが食べるとなると、ケチつけるってどういう了見だ」

ああ、そう言われても仕方ない。

魚はどれもおいしいけれど、マグロの味というのは格別だ。本マグロの切り落としをこれまた本ワサビにつけて食べると、もうたまりません。あれと白いご飯というのは、ベスト3に入る強力コンビかもしれない。ベストワンと言いたいところであるが、鮭やイクラを挙げる人がいるかもしれない。

そう、そう、マグロ解体ショーといえば、あのパーティーも忘れられない。とあるご令嬢が、お父さまの会社を継いで社長になることになった。かなり大きな会社である。この時、女性社長誕生ということで華やかさを狙ったのであろう、銘うって、

「マグロとシャンパンの夕べ」

百人ほどの小さなパーティーだったのに、巨大なマグロが三本用意されていたと記憶してい

る。そして次々に注がれるシャンパン。ステージでは高名なソプラノ歌手がアリアを歌っていた。そしてその下で、マグロの解体ショーが黙々と行なわれたのだ。ものすごくお金がかかっていたことがわかる。板前さんも七、八人来ていたはずだ。しかし何といおうか、マグロだけ食べるということは、結構飽きるものである。おつくりか握り、どちらかの選択しかないのだ。この時とばかり、最初はがつがつ口にしていたのであるが、そう食べられないものだということがわかった。あれでもしかすると、一年分のマグロを食べてしまったかもしれない。

思えば私が大学四年生の時に初めて、マグロとのご縁が出来ることになる。友だちのお父さんが、お鮨屋のカウンターに初めて連れていってくれたのだ。

「何でも好きなものを頼みなさい」

と言われたけれど、山国出身の小娘に、お鮨屋のオーダーが出来るわけがない。そのお父さんにならって、

「大トロ、大トロ」

と四回もオーダーしてしまった。なんと図々しい娘であろうか。

しかし初めてお鮨屋のカウンターに連れていってくれた人の顔は、一生忘れないと思う。先日友人に電話したら十三回忌だという。心の中で静かに合掌した。

そう、私は山梨出身、海のない国の者にとって、海や魚への憧れがどんなに強いものかふつうの人にはわかるまい。山梨県人はお鮨に目がない。人口に対するお鮨屋の数は、すごい上位

だったと聞いたことがある。そうなんです、私たち「お魚」と聞くと、目の色が変わるのだ。

おとといデパ地下の干物売場で、カレイを見つけた。おいしそうなカレイだ。

「これ、三枚くださいな。ついでにハタハタも」

ところがこれはみんな見本で、持ってこられたものを見て驚いた。なんと冷凍ではないか。カチカチに凍っている。

案の定ハタハタはすごくまずく、カレイはへんなにおいがした。

「もう二度と行かないから、あのデパ地下」

私は怒った。隣りのマグロ売場で売ってたマグロの肉つき骨は、

「さじでひっかいても、何もお肉が取れなかった」

とお手伝いさんもびっくりしていたっけ。結局ハタハタもカレイも誰も手をつけなかった。

今、挽肉の混ぜ肉が問題になっているが、古いよくないものを売りつけた魚屋も許さない。魚に憧れる山国の少女にさ。

人は顔

最近、やたら人の顔が話題になっている。よく質問されるのが、

「ミス・ユニバースで優勝した女性って、本当に美人なんですかね」

というものである。

私の個人的感想をいえば、昨年の準ミスの知花くららさんの方がはるかに綺麗だと思う。一度おめにかかったことがあるが、誰が見ても「美人」と言うはずだ。おまけに三ケ国語をモノにし、一流出版社に内定が決まっていた彼女は、わかりやすい知的な美しさに溢れていた。が、今年のミスの森さんの美しさというのは、やや癖があるかもしれない。私は昔、女性誌の取材でパリへ行き、世界的メイキャップ・アーティストという人にお化粧をしてもらったことがある。出来上がった顔は、アイメイクが濃く、頬紅が丸くこってり。つまり白人が考える「アジアの女」なのである。森さんの顔や雰囲気にも同じものを感じる。今回、何とはなしに、祝賀

ムードが希薄なのは、

「所詮外国人って、日本をそんな風に見てたんだよなァ……」

という思いが人々の胸にわいてきたからではなかろうか。

ところで私の住んでいる街は、白人がとても多い。このあいだ駅までの道を歩いていたら、外に出て遊んでいる子どもがすべて白人で驚いた。

当然日本人妻も多く、公園に行くとハーフの可愛い子がいっぱいだ。私が子どもの頃は、ハーフというのは戦争の落とし子が多く、貧困と差別のつらい体験をしたようだ。が、今やハーフはエリートと知性の象徴である。一緒にいるママはみんな頭がよさそう。カジュアルだがお金のかかった格好をしている。

「あちらの大学に行ってた時に、今のダーリンと知り合ったんです。ダーリンったら、こちらの日本支社の支社長になっちゃって、それで私もふるさとに帰ってきました」

という感じをぷんぷん漂わせている。かなりの美人もいれば、そうでない人もいらっしゃる。外国の方の趣味というのが、いまひとつ私にはわからない。あちらの方は、オリエンタルな女性を好む、と一概にはいえないようだ。

私の友人が言っていたっけ。

「白人っていうのは、女の脚を重視する。彼らは絶対に大根足の女とは結婚しない。見てごらん、どんなブスだって、白人と結婚する女は脚がスラーっとしてるよ」

私はそれ以来、外国人と一緒に歩いている日本人女性の脚を観察しているのであるが、確かに皆さんすらりとして綺麗です……。

いけない、脚の話でなくて顔の話であった。今、とにかく顔が話題。先々週号の「週刊文春」の読者投稿ページに、グッドウィル・グループの折口会長の顔について書かれてあった。あの顔は介護を真剣に考える顔ではないというのだ。

全くこの一ケ月ぐらい「人は顔だ」ということを思い知らされたことはあるまい。初期の頃の折口会長の顔を見て、たいていの人が抱いた印象、

「結構いい男だけど、エグそうだな。ものすごくお金と女性が好きに違いない。介護ビジネスなんかやらせて大丈夫かなァ」

という危惧は見事にあたったのである。今人々は、

「オレって人を見る目あるなァ」

と密かに思っているに違いない。

あのミートホープ社の社長さんも、見るからにワルそう。ついでだから予言しますが、あの居酒屋チェーンの社長さんを見るたび、この人に教育やらせていいのかしらんと、いつも思う私である。もちろん偏見ですけどね。

などということを考えながら、ニュース番組を見ていたら、なんともいえず品のいい初老の男性が出ていらした。なんでも宮内庁の侍従長を退職なさる記者会見だそうだ。ミートホープ

社の社長の顔のアップをずっと見ていた後だったので、私はある感慨にとらわれた。生き方によってここまで違うものだろうか。

「人は顔である」

中年以降の働いている男の顔は、第一印象を決して裏切らないのである。

そこへいくと、若い女性の顔というのはわかりづらい。化粧をしているうえに、最近のコはみんな平均して可愛くおしゃれだ。私など若いコに甘いから、

「○○ちゃんに会ったけど、すごくいいコだったよ」

という感想しか持てない。すると、

「あなたってそういうとこ見る目がない」

と、ただちに皆から叱られる。女というのは、同性の「意地が悪そう」というのが、すぐにセンサーにひっかかってくるようだ。

人のワルグチをめったに言わないハタケヤマであるが、某美人政治家のことは大嫌いだという。

「本当に意地の悪そうな顔していますよね。典型的な女に嫌われる顔ですよね」

私はものすごく頭のよさそうな顔、といった感想しかないが、彼女はひっかかるんだそうだ。

「その、いかにも自分は頭がいい人でしょう、っていう顔がたまらなくイヤなんですッ」

ということであった。

が、私は思うに今の日本の大半の女性は、同性に好かれるよりも、異性に好かれることを望んでいるのではなかろうか。ここのところ女性誌は「モテ系顔」の特集を組んでいる。くるんとした睫毛にはエクステンション（つけ睫毛）を入れる。髪は巻き毛でキラキラメイク、ちょっと古いがエビちゃん風の系譜は今も綿々と続いているのである。

女は顔で人生の何十パーセントかが決まる。だからメイクに精出して、限界を感じたら整形をする。この頃は男の人も整形をするらしいが、女に比べたらずっと少ないであろう。

悪相は悪相のまま、世間にさらさなくてはならない。女性のように、お金を出してある日突然、パッと別人になることはしない。男の顔とのつき合いは、なんと厳しいものだろうか。

………

ダイエットの落とし穴

確かに私は、最近むくむくと太っている。いくら筋トレやジムでの運動に励んでいても、お酒は飲むわ、やたら食べるわで、リバウンド一直線の道を歩んでいる。

そうかといって、あのＣＭはないであろう。今年の秋に、新潟でエンジン０１のオープンカレッジが開かれることになった。文化人が百人以上集まって、四十コマの講義やシンポジウムを行なう。

そして先週、新潟限定告知ＣＭのコンテが出来上がったのである。企画は秋元康さん、コピーは眞木準さんという超一流のコンビだ。それなのに内容がひどい。今回のオープンカレッジは「笑い」がテーマということで、私と三枝成彰さんは漫才コンビに扮するのだ。私はとんでもないドレスを着、三枝さんは金ラメのスーツを着る。そして、

「私たち、ザ・メタボリックス！」

と叫ぶという。あんまりだ……。

前回は「教育」がテーマで、三枝さんは学生服、私はセーラー服を着た。

「案外かわいいって言ってくれるの」

などと言いふらしたため、このポスター用写真は「週刊文春」のグラビアにも載り、私は世間から大ひんしゅくを買った。そしてもうひとつ、三枝さんと私は、「肥満コンビ」というイメージが定着したのである。

「お二人で断食道場レポートへ」

「二人一緒に、ダイエット食のレストランへ行ってくれませんか」

という雑誌の企画がいっぱい来た。ほとんどお断わりしたのであるが、ひとつだけ魅力的なものがあった。二人で京都の尼さんがつくる精進料理を食べに行くという女性誌の企画である。ここで身を浄めるはずだったのに、料理がとてもおいしく、ついお酒を飲み過ぎた私たちであった。

が、三枝さんも私も手をこまねいているわけではない。あのCMコンテを見て以来私はかなり食事に気をつけるようになった。夕食は出来る限り摂らず、ひもじい時はコンニャクゼリーをちゅうちゅう吸う。

ところが、私と違って三枝さんはクスリに頼っている。いつも怪し気なダイエットの薬に凝る三枝さんであるが、今回は食欲抑制剤だそうだ。

三日前新潟へ視察に行った時、地元の方々と昼食となった。おいしそうなお魚にトウモロコシご飯。新潟はさすがにお米がおいしい。

「とんでもない。今は夏でいちばんまずい時ですよ。新米の時のコシヒカリのおいしさときたら」

「それじゃ、オープンカレッジの時の講師の昼食は、お握りにしてくださいね。コシヒカリのお握りをピラミッドにしていただけば、あとは鮭とおみそ汁ぐらいで充分です。なにしろみんなノーギャラで来てるもんで、食べものにはすっごくうるさいですよ」

などと、私が地元の人たちと話している間も、三枝さんはむっつりとウーロン茶を飲んでいるだけ。

「サエグサさん、どうしたの？　このお刺身とご飯、私がもらうよ」

「いいよ。僕さ、今、最新のすっごい薬飲んでるから、食欲がないんだ」

「またァ……。やめたほうがいいってば。このあいだもナントカっていう痩せ薬を、みんなにもあげたら、ウツ病になるのがわかったとかで、大急ぎで回収したじゃないですか」

「いや、今度のは大丈夫。お医者さんからもらったやつだから」

という会話があったものの、今ひとつ元気がない。実行委員のみんなで会場をまわっている最中も、いつものジョークやうんちくがなく、言葉が少なめだ。

「三枝さん、食欲抑制剤なんてやめた方がいいと思うよ」

「いや、あの屈辱を晴らすには、これしかないんだ」

そう、学生服姿の三枝さんを憶えておられるだろうか。顔が大き過ぎて帽子が入らない。皆も心の中で思っていたが、本人も叫んだ。

「これは〝こまわり君〟そっくりじゃないか」

その後、三枝さんはひたすら「小顔」になるべく、炭酸ガスを顔に入れるクリニックに通っている。私も誘われて行ったものの、あまりの痛さにすぐにやめた。が、三枝さんはまだあの痛い注射に耐えているようだ。それだけではない。私が「炭酸ガス」を教えてくれた替わりにご紹介した、田中宥久子さんのところへも行っている。

そう、今話題沸騰の「造顔マッサージ」の創始者である。そのくらい頑張っている三枝さんは、食欲抑制剤にも手を出したわけだ。

さて、新潟の夜のお楽しみは、何といっても宴会であろう。ワリカンということで、地元でもうんとおいしいところへ行き、みんなで飲む。あれこれ喋りながら、地元の日本酒やワインをいっぱいいただく。

そのうちに三枝さんの態度が変わってきたのである。具体的なものすごくイヤらしいことを次々と口にし、あげくの果ては隣りに座っている女性、私にまでセクハラまがいのことをするではないか。これにはびっくりした。長いつき合いであるが、こんな三枝さんを見たことがない。確かにそうした話は大好きだが、いつも大真面目に学術的なことに即していうので、全くいやらしくなく、大人の品のいい猥談という感じだった。そしていくら仲がよくても、もちろん女としての私には全く興味をお示しにならず、断食道場に行った時など、ひと部屋で一緒に昼寝をしても、一毫《いちごう》たりとも不安を持ったことがない。

それなのにこの変わりようはどうしたことであろう。いったい何があったのかと、帰りの新幹線の中で話し合っていたところ、

「あ、わかりました」

と池坊美佳ちゃんが言った。池坊のお姫さまで、京都千二百年の歴史が生んだ美女である。彼女も昨夜の被害者だ。

「三枝さん、あの薬とアルコールが結びついて、人格が変わっちゃったんですよ」

ああ、そうかと我々は胸を撫でおろしたのである。ダイエットには、こんな副産物もある。我々の「ザ・メタボリックス」の撮影は来週と迫った。

……

読みさしの本

先日、ある美しい方と食事をする機会があった。私の友人がその方と親しく、集まりにお誘いしたのである。

その美女は気さくなうえに同年代ということもあって、お酒が進むうちにすっかり打ちとけてきた。

途中誰かが気がきいたことを言い、そのフレーズをメロディにのせる私。

「〇〇××△△〜」

言葉のひとつを拾って、それを流行歌の節にひっかけるのは誰もがよくやることである。が、その歌がまずかった。その方と昔結婚していた、某有名ミュージシャンのヒット曲ではないか。

「あ、ごめんなさい。あなたの元ダンの歌だったわ」

それなのにどういうわけか、この歌のワンフレーズが、何度も何度も口から出てしまう。酔っていたこともあり、シャックリみたいに止まらない。

何十年か前大学生の頃、「昭和枯れすすき」という歌が大ヒットしたことがある。私はその一節、

「貧しさに～負けた。イエ、世間に負けた～」

と口ずさむのが癖になってしまったっけ。仲よしのクラスメイトから、

「やめなさいよ、その暗い歌」

と注意されても、どうしても止まらない。それほど好き、というわけでもないのに、知らずのうちに口ずさんでいたのである。しまいにはまわりの友人たちに伝染《うつ》り、

「貧しさに～負けた～」

とみんなが歌っていた。

それにしてもその女性の元ダンの歌はあまりにもまずかったかもしれない。

「ごめんなさい……別に嫌みでやってるわけじゃないのよ」

「いいのよ」

彼女も苦笑していた。そして女何人かでこんな話になった。

「元カレっていうのは、意外と今でもつき合いがあるのよね」

「そう、そう。何かの時には相談したりして、結構頼りになるの」

「でも元ダンっていうのは絶対に駄目よ」

とその美女が言った。

「私たち子どももいなかったから、二度と会おうとは思わないし、実際二度と会うことはないわね」

ふうーんと、まだ元ダンがいない私はひどく感心してしまったのである。

女は恋人にはいい感情を残しておくくせに、結婚していた男には本当に情け容赦ない。私は離婚した友人たちからよく話を聞かされるが、それによると別れた夫というのはＤＶか浮気性の、この二つのどちらかに大別されるようだ。

「本当にひどかったのよ。私は、よく殴られていて、まわりの人たちが『あんまりだ』って同情して泣いてくれたわ」

という女性がいた。彼女はさる名門のお嬢さまで美貌の誉《ほまれ》高い。が、ちょっと我儘《わがまま》なところがあるかもしれない。この話を男友だちにしたところ、

「あんな女と一緒に暮らしたら、男は誰だってＤＶになる！」

と即座に言ったのには驚いた。男には男の言い分があるということか。が、暴力をふるう男が許せるわけはない。私は女性雑誌の身の上相談を読むのが大好きであるが、ＤＶ夫と別れられない、という相談には正直いらつく。

「でもその後で、泣いて謝る夫を見ていると、もう少し辛抱しようかと考えてしまいます」

などという文章を読むたびに、あーあ、こういう辛抱が、ＤＶ夫をはびこらせるんだな、と

思わずにはいられない。泣いて反省するのは、ＤＶ夫の誰でもするやり口ではないか。

ところで、最近私たちの間で、大きな話題になったニュースがあった。有楽町のビルの中で、妻を殴って逮捕された夫である。パトカーに乗っている顔がまるで俳優さん。みのもんたさんも番組内で、

「イケメンの犯人だねぇ！」

と思わず口にされていたくらいだ。

「ねぇ、ねぇ、ハヤシさん、あの暴力夫見た？」

さっそく何人かから聞かれた。

「あんまりカッコいいんでびっくりしちゃったわ。高橋克典にそっくりじゃない！」

「証券会社っていうから、ヘンな人じゃないわよね」

後で記事になったものを読んだら、大変なエリートの夫婦だ。奥さんの顔は知らないが、美男美女のカップルだったと知人は証言している。この事件、女たちの琴線に強く触れたとみえ、女性週刊誌でも大きな記事になっている。それによるとエリート夫ほど、プライドが高いのでＤＶになりやすいという。が、これは正しい説なんだろうか。このあいだ警察官を射殺した元暴力団関係者もＤＶであった。ＤＶは今や、上にも下にも蔓延《まんえん》しているのである。

そしてどうしてそのことを見抜けなかったのかと人は言う。女に対しては、男を見る目がなかったと責める。が、この見抜く力を独身女性に求めるのは無理かもしれない。

結婚というのは一冊の本である。前書き、一章ぐらいまでは恋愛期間であろう。続きを読んでもらいたいから、うんと面白くやさしく書いてある。ぐんぐん引き込むように、いろんな仕掛けもしてあるはずだ。

「どうしても次を読みたい」

と女は決意し、本を購入する。するとあら、どういうことであろうか、二章からはまるっきり違うストーリーが始まっているではないか。気に入らないと返品してもいいのだが、これがむずかしい。本屋のおじさんは渋い顔をするだろうし、世間も「一冊読みきれなかった女」と噂するかもしれない。だからたいていの女は、しぶしぶと続きを読む。おどろおどろしい内容のDV本だったりすることもある。が、たいていは我慢して読む。諦めて読む。

そこへいくと恋愛の記憶の美しいこと。一章しか読んでいないんだもの。別れた恋人はついに読み通せなかった本と同じで、後悔と過剰な期待感が残るのである。

……

あと何日？

いよいよ肥満も限界に近づいてきた。

最近、いつもの店で、いつものサイズでワンピースのお取り寄せをしてもらったところ、ファスナーが全く上がらないのである。

「ハヤシさん、いったいどうしたんですかッ」

と店員さんが聞く。どうしたも何も、あんなに食べていたら太るのはあたり前である。

先月、今月と、私の食費は凄かったと思う。外食の分がはね上がったのである。

が、これには深い理由がある。すべては小説のためなのだ。

ある女性誌で、フランス料理に半生をささげた女性のことを書いている。タイトルは、

「プリュ・ド・セル、シル・ブ・プレ！」

という。おそらくこのタイトルを口にして噂する読者はいないと思う。作者とて記憶出来た

のは、連載が始まって三ケ月たった頃だ。フランス語で、もっと塩味をきかせて、という意味である。波瀾万丈ともいえる彼女の人生を塩味にひっかけたのである。

が、ここに大きな問題があった。作中、当然のことながら、フランス料理を食べるシーンが何度も出てくる。どういうメニューにするかは、まあなんとかなる、当時のガイドブックを開けばいいのだ。苦悩しているのは、ここで食通といわれる人たちが、どんな会話をかわすか、ということである。特にこの小説の重要なシーンは、女主人公が北陸先生に連れられていく食べ歩きのシーンだ。北陸先生にはモデルになる方がいて、巨万の富をみんな食べることに費す謎の人物だ。この方の誕生日には、和、洋、華のなだたるシェフが七人ほど集まる。そして一皿ずつ自慢の料理をつくり、みんなで食べるという。これは本当の話だ。

「黄金のベロ」を持ち、味の感覚が鋭い主人公の彼女は、フランス料理が大好きになり、やがてレストランのマダムになることに憧れる。彼女は北陸先生に可愛がられ、一流店でいろいろご馳走になり、味というものを勉強していくというシーン。さて困った。私は食いしん坊で大喰い、というだけで、鋭敏な舌を持っているわけでも、知識があるわけでもない。だからこういう時、うんちくの言葉がまるっきり出てこないのだ。

ゆえに食通と呼ばれる方と、食事をするようにし、その会話を頭に刻んでおくのである。私は今まで、フランス料理をそう積極的に食べる方ではなかったが、このところフレンチの店を選ぶことが多い。お食事に誘われ、

「ハヤシさんのお好きなところを」

と言われると、フレンチを指定するようになった。

まあ、仕事関係の方にご馳走になる場合もたまにあるけれども、たいていの場合私がお支払いする。こうして財布が軽くなったのと反比例して、体重はどんどん重くなっていったのである。

が、案ずることはない。なぜなら来週から私は五日間、断食道場に入ることになっているからだ。断食道場といっても、お医者さんの指導によるホテル形式のクリニック。ここでニンジンジュースだけで日々を過ごすのである。そう、三年前に三枝成彰さんと一緒に行った、あの場所である。もう一度あそこへ行き、体も心もきちんとリセットしてこようと私は心に決めた。なかなか立派な心がけである。が、この〝心がけ〟を開始する日まで、だらけにだらける私だ。

「どうせ断食行くんだから、このドラ焼きを」

「ついでにお鮨も」

「ワインもたっぷり飲みたい」

みたいなことばかりやっている。特に鬼門はコシヒカリであった。先日新潟へオープンカレッジの会場視察に行き、その際お米の話になったのはご存知だと思う。秋の収穫期になったら送ります、ということであったが、早くも十キロが届いた。知り合った市役所の方が、

「日本でいちばんうまい米です。友人のところでつくっていますが、おそらくここが最高のコ

シヒカリでしょう」

と自慢したものである。

このお米を食べるために、私は電気釜を替えた。以前の古いものから、ナショナルの高価な最新式のものに取り替えたのである。それで炊くコシヒカリのおいしいことといったらない。梅干しのお握りにして、これまた佐賀の人からもらった海苔をたっぷり巻いて食すると、米の甘さがなんともいえない味わい。夏の「まずい」と地元の人が言うお米でこんなにおいしいなら、秋はいったいどうなるかと思ってしまう。おかずなど何もいらないうまさだ。

今朝、ためしに昨日の残りのカレーをあったためて、やはり残りもののご飯にかけたところ、かわいそうなことをしたとつくづく思った。カレーは大好物であるが、強烈な個性を持った味と香りは、とてもよい繊細なお米には似合わない。

やっぱりお米のおいしさを味わうのは、シンプルなのがいちばんだ。お握りもいいし、ツクダニや海苔、タラコといったものを品数少なくして食べるのも大好き……。などというようなことをしていたら、体重がますます増えてきた。

「いいもん、断食道場にもうすぐ行くもん」

そしてさっきは、みんなで麻婆豆腐を食べてきた。ものすごく辛い、と聞いていたが中途半端な辛さではない。ヒリヒリ飛び上がりそうな辛さである。これはチャーハンと一緒に食べるらしいが、私は白いご飯を要求した。白いご飯と一緒だと、麻婆豆腐はいくらでも入る。デザ

ートの杏仁豆腐を食べていたら、

「ハヤシさん、ちょっと太ったんじゃないの？」

隣りの女性が遠慮がちに言った。

「いいの、あと四日で断食道場入るから、それまでは食べられるだけ食べてやるの」

予約をしてから二ケ月、それが口癖になっている私。めいっぱい食べ続け、いよいよその日が近づいた。

……………

決意しました

この原稿は、いつも木曜日に渡すことになっている。が、どうしても書くことが出来ず、金曜日になることが多い。迷惑をかけている。

それなのに今回は火曜日である。しかも昼間、この原稿はファックスによって編集部に送られようとしている。それはなぜか。

実は昨日から伊東にある有名な断食施設に入っている。これで二回めだ。最初に行ったのは今から三年前。三枝成彰さんから強引に誘われたのがきっかけだ。

「ハヤシさんは僕のことを一生感謝すると思うよ。本当に体が健康になって体重が落ちるんだから」

と、そりゃあしつこく言われて、しぶしぶ来たのである。が、効果はあり五日間滞在して確か四キロ痩せたと思う。

あれから三年たち、体重はものすごい勢いで増えている。服のサイズもひとつ上がった。どうしてこれほど太ったのか。理由はわかっている。年をとって痩せづらくなったからだ。今までだと炭水化物を完全に抜き、お酒や甘いものを断つと二キロぐらいはすぐに減った。ここでやる気を取り戻し、体重をキープ出来た。が、この頃はつらい思いをしても、ヘルスメーターはぴくりとも動かない。これならばやる気がなくなるのはあたり前であろう。

食生活がだらけていき、デブが必ず陥る習慣「口淋しくていろんなものを食べる」ことが復活した。家にあるおせんべいや、もらいもののクッキーを食べながらテレビを見るという、いちばんしてはいけないことが日常的になった。

この頃テレビを見ていると、体型による「格差社会」をつくづく感じる。子だくさんのお金がないうちの母親というと、例外なく太っていて茶髪である。Tシャツやトレーナーを、おしゃれとは無縁にだらしなく着ている。

「あんな風にはなるまい」

と思っていたのに、鏡を見るとまさにそのおばさんではないか……。「中年の星」として女性雑誌でいっぱい特集を組んでもらい、

「年とってからの方がキレイになった女性」

とか何とか誉められていたのに、最近はこのていたらく。つい先日「『綺麗な人』と言われるようになったのは、四十歳を過ぎてからでした」というおそろしく図々しいタイトルの本を

出したばかりだ。何とかしなくてはいけないと、この断食施設に再び来ることを決心したのである。

三枝さんとはスケジュールが合わなかったので、親戚のぽっちゃりしている女の子を誘うことにした。ひとりでは散歩する時に淋しいのだ。

さて伊東駅に降りたった私たち二人。荷物を入れるためにタクシーのトランクを開けてもらった。その間、運転手さんがずっとニヤニヤしていることに気づく。私たち二人の体型から、どこへ行くのか察したようだ。

「えーと、ゴルフ場の近くへ……」

「はいはい、あの断食のとこね」

すべてわかってくれた。そして私たちもつい笑い出してしまったのであるが、全く笑いごとじゃない。

ここに来る前日、三枝さんから電話があった。

「ハヤシさんのことだから、食いおさめしようとしてるだろうけど、絶対にダメだよ。今日からもう何も食べないように。そうすれば断食五日間コースが、六日間コースと同じになるんだからねッ。それからニンジンジュースは一杯だけだよ。三杯は飲み過ぎだからね」

ここの施設では、朝と晩、ニンジンとリンゴのジュースを三杯出してくれるのだ。他にもショウガ湯や梅干しが好きなだけ口に出来るのでそうひもじくはない。

が、耐えがたいことがあった。フランス料理に半生を捧げた女性のことを、今小説のテーマにしていることはお話ししたと思う。その資料のために、何冊かのフランス料理やグルメの本を宅配便で送ってあるのだ。

ニンジンジュースだけの日々、このフランス料理の本を読むのがどんなにつらいか、おわかりいただけるだろうか。ツバが出てきて、想像力がいつもの五倍ぐらいになってくる。断食中は、すべての感覚が鋭敏になってくるそうだ。今日、一緒に行った女の子と山道を散歩したら、緑のにおいが濃く鼻をくすぐる。深呼吸すると、その気持ちのいいことといったらない。

野鳥の鳴き声もチチとはっきりと聞こえてくる。体がリセットされているのがわかる。

「あとここに十日いたら、どんなに清らかな人間になれるかしらん」

が、こんなに心地よいのも二日めぐらいまでで、あとはひたすら空腹との戦いのようだ。頭がぼんやりしていて本が読めなくなるため、コミックを持ってきた。三年前はちょうど流行りはじめた「のだめカンタービレ」、見ていたＤＶＤは「24―TWENTY FOUR―」であった。月日の流れるのは早い。今回私が持ってきたのは、ワインコミック「神の雫」。が、これは面白さバツグンだが、よくフランス料理が出てきて目に毒かもしれない。

そして昨日ぐらいから、漢字が出てこなくなり、原稿のスピードが極端に遅くなってきた。が、なんとか連載小説の原稿は送った。次はこの文春のエッセイである。

「う、う、まだ頭がしっかりしているうちに……」

そんなわけで、いつもよりずっと早く原稿を書き上げたのである。体重は昨日より一キロ減。すっきりして東京へ帰るつもりである。今度こそ心をあらためるぞ。原稿も遅らせない。本当だから。

台風脱出目前

……

「ハヤシさんって、いつも事件のまっただ中にいるネ」

と人に言われたことがある。

そういえば、ついこのあいだも断食を終え、新幹線の熱海のホームにいたら、カッコいい男性が近づいてきて言った。

「ハヤシさん、久しぶりマチダです」

そう、あの殴られて話題の町田康さんだったのである。白いシャツを着ていられたが、翌朝のスポーツ紙にいっぱい出ていた。なんでもトークショーの会場に、マスコミが押し寄せたらしい。

だが何といっても極めつけは、昨日のことであろう。台風五号が直撃する宮崎にいたのである。

仕事と遊びを兼ねて、なんとなく宮崎に来ていた私。編集者の人たちとホテルのバーで遅くまで飲んでいる最中、ケイタイをちゃかちゃか見ていたひとりが、悲痛な声を出した。

「ハヤシさん、どうしましょう。明日、たぶん欠航ですよ。うんと大事をとって、八時の便に変えるのはどうですかね」

「せっかく宮崎来たんだから、もうちょっとゆっくりしようよ。ほら、明日はシーガイアのドームをみんなに見せたいしさ。巨大なお風呂屋さんみたいで面白いよ」

あくまでも呑気にかまえている私であった。が、次の朝ケイタイがかかってきた。

「ハヤシさん、やっぱりみんな欠航です！」

窓を激しい雨と風が叩きつけている。オーシャン・ビューのホテルであるから、海岸がよく見える。ものすごく高い波だ。テレビをつけるとニュースをやっている。

「宮崎の日南海岸からの中継です。あー、波がすごいです。雨も強いです」

緊迫したアナウンサーの声が画面にかぶさる。その日南海岸をこうして間近に見られるなんて、めったにあるもんじゃない。

とにかく朝ごはんを食べながら相談しようということで、食堂に集まる。私以外の三人は食べながらもケイタイを離さない。台風の進路を調べ、そして各航空会社の予約情況を見るためである。

「ハヤシさん、タクシーで福岡まで行くっていうテがありますよ。ここから五時間かかるみたいですけど」

「そんなのもったいないよ。鉄道で行こう、鉄道で。私、この頃鉄っ気が出てきたから、てれてれ電車で行くの、少しもイヤじゃないよ」

が、私はこの時、ほとんどの鉄道が不通になっているのを知らなかった。

そしてやがて女性の編集長が断を下した。

「ハヤシさん、熊本空港はまだ正常に飛んでます。ここから二時間半だそうです。ひとまず熊本へ向かいましょう」

ジャンボタクシーを予約したところ、高速が不通になるかもしれないので、すぐに出発したいとのこと。化粧もせず、とにかく荷物を持ってホテルを出た。福岡ナンバーや大分ナンバーの車も次々と出発している。

「みんな一刻も早く、ここを脱出したいのね」

「そうですよ。いま、台風との追っかけっこですからね。私たちも一分でも早く熊本にたどりつかないとね」

しかしここで問題があった。宮崎へ先に行っていた青年二人は、四日間サーフィンを楽しむために、マイ・サーフボードを持ち込んでいたのである。これが大きいのなんのって。やっとのことで大人四人が乗り、その横にボードをつっ込んだ。

そしていよいよ熊本に向けて走り出した。運転手さんは、高速が通っている間になんとかたどりつきたいと思うのだろう。すごいスピードを上げる。現実とは思えない激しい雨と風。まるでアクション映画の一シーンだった。

しかし私たちはまだ現実を直視していないところがあった。熊本で何を食べようかと相談していたのである。

「飛行機は二時半をとったから、まだ時間がありますねー」

「市内へまず行って、熊本ラーメンかなー」

が、熊本の県境を越えても、雨と風は弱まらない。

「とにかく空港へ行って、乗れる便に乗りましょう」

と編集長が賢明な判断をした。そしてやっとのことで着いた熊本空港であるが、目の前で「欠航」のボードがぺたぺた貼られたのは、かなりのショックである。熊本でもう一晩過ごすのか？　ラーメンや馬刺は嫌いではないが、どうしても今日東京へ帰らなくてはならない。

が、さすがはマスコミの第一線で働く人たち、すぐに別の航空会社のカウンターに移って交渉している。

「ハヤシさん、伊丹なら飛びます。伊丹経由で帰りましょう」

やっとのことで乗れたのであるが、台風の影響で揺れるなんてもんじゃない。飛行機が小さいこともあり、上下左右に揺れる。私は隣りに座っている彼女にささやいた。

「これで落ちたら、無理して熊本に行ったばっかりにって言われるよね。私、落ちる前に写メールで自分の顔を撮るわ。録音ボイスに遺言も吹きこもう」

しかし幸いにも無事に伊丹空港に到着。熊本からの便は、二十五分も遅れ、走って東京行きに乗った。が、疲れ果てた私たちに最後の試練が待っていた。一歩足を踏み入れるやいなや思わずたじろいだ私。ジャンボ機の客席はほぼ満員で、すべての人の視線が大幅に遅れた私たちにつき刺さるよう。その間を通り、後方の席まで歩く間の長かったこと。

「こいつらのおかげで出発が遅れるのか」

ところが私たちが座ってからも、かなり待たされた。そう、あのサーフボードを積み替えるのに時間がかかっているのだ。ちょっと気分がラクになったかも。

朝の九時半に宮崎を出発し、夕方四時に羽田に到着。体の疲れと気疲れで、原稿がまるっきり進まなかった。もうまったただ中はごめんです。

ねぶたは最高

夏休みのハイライトは、青森のねぶた祭りの見物となった。

これを思いついたのは、私の妹分のフジフミが青森に住んでいるからである。フジフミというのは名取り名で、同じ藤間流を習っている時に知り合った。青森のお金持ちのお嬢さんで、大学を出た後も東京に残り、踊りに茶の湯と、お稽古を続けていたのである。このフジフミ、今どき珍しいぐらいに性格のよいコで、おまけに美人である。どんな良縁でも得られると思っていたのであるが、そういうこともなく、四年前に故郷に帰っていった。私とは今でも連絡を取り合い、東京で会ったりする仲だ。今回、私が突然思い立って、「ねぶたを見たい」などと言い出したので、彼女はかなり苦労したらしい。しかし何とかホテルを取り、見物の席も確保してくれた。

さて、台風の直撃した宮崎を必死の思いで脱出したことは先週お話ししたと思う。その台風五号はどうなったか、日本海をふらふらして、青森に再上陸ということになったのである。

羽田でボードを見た私は呆然とした。青森のところで、

「濃霧のため引き返すこともあり」

と書かれているではないか。このあいだもそうだったが、小さい飛行機はかなり揺れ、なんとか青森空港に到着した。しかし、外に出ると雨が降っている。

「これじゃねぶたは中止かもしれませんよ。なにしろ紙で出来てるもんだから」

迎えに来てくれたフジフミも不安そうである。とにかく観光を、ということで十和田湖に連れていってくれた。が、ここは強風が吹きつけ激しい雨だ。なんでも台風は津軽半島に来ているんだとか。

ああーあ、なんて台風に好かれる身の上だろうかと私はため息をついた。二日前に九州でめぐり合ったのと同じ台風と、こうして東北の地で再会するとは。

が、どうしてもねぶたを見たいという私の思いが、天に届いたに違いない。夕方に青森に帰ると、雨はぴたりとやんでいるではないか。

ホテルの前にはパイプ椅子が用意され、前から三番めに私たちの名前が記されている。そこに座っていると、いよいよねぶたの登場である。驚いた。写真で見るよりもはるかに巨大だったのだ。中国の古典の素養がない私にはよくわからないが、三国志や水滸伝の勇者とおぼしき人物をかたどったねぶたが、光り輝きながらこちらに向かってくる興奮。思わず涙が出てきそ

うになったほどだ。

　おまけに私たちの二つ前、いちばん前にはＶＩＰが座っていた。○○ハムの会長ご一家がお孫さんを連れていらっしゃっていて大スポンサーらしい。ねぶたの世話役が必ずここで挨拶をし、ねぶたを一回転させてくれるのだ。「おお！」というどよめきと歓声が起こる。

　浴衣に花笠をかぶった「跳人《はねと》」といわれる人々も素晴らしい。らっせ、らっせという掛け声と共に、跳ねて踊るのである。が、私たちのところに来る頃はかなりくたびれていて、歩いている人が多かった。その中にあって、やたら元気な一団が、らっせ、らっせとずうっと跳ねまわっている。よく見ると青森山田学園という、このあいだまで卓球の福原愛ちゃんがいた学校である。高校生なので元気なわけだ。次の日の新聞を見たら、「運行・跳人賞」と「ねぶた大賞」を獲得していた。よかった、よかった。

　そして次の日は弘前のねぷたへ。フジフミは言う。

「子どもたちがひく静かーな、ゆるーいねぷたですけど、その分品があって素朴な感じです。でも、ずうっと見ていると退屈するかも」

　弘前ではねぶたをねぷたと呼ぶ。ここは私もよく知っている街だ。二十五年前、コピーライターだった私は、ここの有名菓子店とファッションビルが担当だったのである。

　そしてねぷたが始まったとたん、強い雨が降った。私の強運もここまでと思ったが、また途中でぴったりとやんだのである。しかし紙で出来たねぷたは、ところどころべったりとはがれて悲惨なことになっている。それでもたくさんのねぷたが、町内を練り歩く。私はここでも心をうたれた。このねぷたには一台につき数百万というお金がかかっているそうだ。今、青森は経済的にかなり沈下していて、このあいだの選挙では「もうやってられない」と多くが民主党に入れた。自民の帝国といわれたところが動いたというので大きな騒ぎになっている。フジフミの住んでいる町など「第二の夕張」といわれているくらい不景気なんだそうだ。それなのに紙で出来たこの巨大なお人形に、しかも一年に一度のことにぽんとお金を使う青森人の心意気たるやすごいもんではないか。

が、ここ弘前の〝跳人〟は、青森に比べてかなり品が悪い。女の子のほとんどが浴衣を着ないでさらしを巻いただけの姿。それが雨にうたれてしどけなく体に巻きついているので、目をそらすぐらいエロっぽい。はっきり言って、新手のストリップを見ているようであった。祭りという大義名分を得て、自分のピチピチの肉体を見せびらかしているかのよう。ことに津軽美人とはよくいったもんで、目鼻立ちのはっきりした綺麗な子が、みんなさらし一枚でぞろぞろ歩いてくるのだ。困ったもんです。あとヤンキーと思われる一団が気勢を上げているシーンもあった。まずいよ。

「青森はこの頃警察の取り締まりがすごく厳しいんで、みんなこっちに流れて来たみたいですね。三年前はこんなんじゃなかったんですよ」

とフジフミも怒っていた。

が、また来年も来よう。そして跳人として参加しようと心に決めた私である。もちろん青森の方のねぶたです。さらしには、なれるワケがないし。

………

暑中の品格

あまりの暑さに、外出も控える今日この頃。どうしても行かなくてはならない時は、つい無線のタクシーを呼んでしまう。

が、あまりにもお金がかかるうえに、運動にならないと反省し、出来る限り電車に乗ることにした。

が、昨日は待ち合わせが二時半で、家を一時四十分に出なくてはならない。おてんとうさまがいちばん元気な時である。

ハタケヤマが玄関のドアを開けて言った。

「わ、すごい空気！　熱気でむんむんしてますよ。今日は東京、三十七度ですって。ハヤシさん、やっぱりタクシー呼んだらどうですか」

「いいえ、行くわ」

ときっぱり言った。

「駅に行くまでなら、どうってことないから」

「本当に大丈夫ですね」

念を押しながら、閉めたドアをもう一度開けてくれた。なんだかSF映画で見た、大気圏脱出みたい。

夜まで用事が重なるので、日傘も持たないことにした。帽子もかぶらず、いわば無防備の状態で、白っちゃけたアスファルトの上を歩く。誰ひとり歩いていない。が、短時間だと思うせいか、熱い空気の中を歩くのは、そうつらくない。

それなりの必死な覚悟もある。アツイ、ツライ、としみじみ思うのは、駅のホームに立っていたり、階段を上がっている時である。熱気がふわーっと体をつつみ、汗がぽたぽた流れてくるのだ。

私はふと、先週見たばっかりの「24時間テレビ」を思い出した。欽ちゃんがゴール出来るか知りたくて、「行列のできる法律相談所」まで私はじっと見ていたのである。そしてよろよろと欽ちゃんが、武道館へ入るやいなや、つい涙ぐんでしまった。そう私も四十三・九パーセントの視聴率をもたらしたひとり。自分が善良で単純なおばさんだと確認する時である。が、あれを見ていたら、ついつい「人間の品格」という言葉を思い出した。欽ちゃんはすごくいい人だから、

「みんなに励まされた」

と感激してたけれども、私の見ていたところ七割はヤジウマだったのではなかろうか。ヤジウマの大きな特徴は、すぐに写メールを取り出すことだ。全く写メールが、どれだけ人の心をはしたなくしているかはかりしれない。わざわざカメラを持ってきているのならば、そこにはある程度期待と共に礼儀というものがある。が、写メールをすぐに取り出す人は、有名人を見ちゃったからついでに撮っておこうという卑しさだけだ。あの時、沿道で、欽ちゃんに対して、手を振るわけでも拍手をするわけでもなく、ひたすら写メールをパシャパシャやっていた人の波、あれは不気味だったなあ。

もっと腹が立ったのは、信号を待つ間さえもう立っていられなくなり、チェアに座っている欽ちゃんの前に、ものもいわず自転車で近づく若者たち。まるで珍しい動物でも見るように、ぐったりと座り込んでいる欽ちゃんを、上からパチャパチャ撮る茶髪、キャミソールの女の子に、私は猛烈な怒りを持った。

「何てことするのよ。人がいちばんつらい時に励ましもしないで！」

ああいうありさまを見ていると、日本の人ってかなり変わったと思わざるを得ない。だから写メールを撮ることなく、ただ声援をおくる人たちを見るとホッとする。同じ茶髪、キャミソールのギャルでも、大いそぎでつくったのであろう。ヘタな大きな字で「欽ちゃん、ガンバレ」という垂れ幕を持っているグループがいた。本当にいいコたちだ。

そう、そう、このあいだ中華航空機が燃料漏れで爆発した時、ホームビデオの中に入っていた小さな子どもの声、

「わ、すごい」

「ヤダー、ウッソー」

でもなく、

「みんな大丈夫かなア……」

と、しみじみとした可愛い声であった。あれがあったから、背筋が寒くなるような脱出劇にも、ちょっぴりの救いがあったような気がする。

人間って有名人に遭遇した時と、すごいハプニングを見た時（安全な位置から）に、品格があるかどうかとても問われるような気がする。なんか事件が起こると、ワイドショーで証言する人たちがいるが、中にはもう興奮して、事件の渦中にいるのがうれしくてたまらない、という感じの人たちがいる。ひと頃、そういう人たちの顔を隠したり、音声を変えたりしていたが、あれもイヤな感じである。公に喋るなら、ちゃんと責任をとるべきだ。が、私が思うに不二家の元従業員インチキ証言事件以降、また人々が顔を出してきちんと話すようになった。これはいいことである。

先月のこと、ある超有名人と一緒に、仕事がらみで地方へ行った。芸能人でないがテレビによく出ている人である。この時のまわりの人たちの反応がすさまじいものであった。外へ行く

と、まとわりついてサインや一緒に写メールをねだる。

夜、ホテルのバーで飲んでいたところ、まわりの客たちがみんな同じ行動をとり始めた。携帯を使って、部屋にいた人を呼び出しているのである。こういう行動って本当に品がない。

ところで品格といえば、女性が権力を持った時というのは、男性よりもはるかに注意が必要かもしれない。小池百合子さんにずうっと好意を持っていたけれども、今度ばっかりはいただけない。あの人事のごたごたのお粗末もさることながら、パキスタンの大統領と対談している時の「してやったり」という表情がイヤ。あちらの軍隊を閲兵している姿は正視出来なかった。おそらくこんなことをしたのは小池さんが初めてだから、私の目が慣れていないのかもしれない。が、女性蔑視といわれても、女性が閲兵の儀式に臨むのはなんてむずかしいんだろう。こういうのが似合うのは、アジアの叩き上げの女性トップだけという気がする。男性権力者を渡り歩いてきた、チイママの貫禄ではとても無理だと思うな。

……

悔いあり人生

ある朝、スポーツ新聞を広げたら、大きな見出しが躍っていた。

「世界の覇者はゲイだった！」

だと。驚いた。こんな差別用語を堂々と使ってもいいのか。スポーツの世界で勝ったことと、個人的嗜好とは全く別のものではないだろうか……。が、よく見たら、なんのことはない。世界陸上百メートルの優勝選手の名前が、タイソン・ゲイというらしい。

が、これって、イヤーな感じがしないだろうか。見出しのつけ方にある意図を感じる。ふだんはタブーのことが、大義名分を与えられてたっぷり出来る嬉しさ、といったらいいだろうか。そう、子ども時代、障子の張り替えの時だけ、障子を堂々と破いたり、穴を開けたり出来る、あの感覚に似ている。

が、一方で陰湿な差別や偏見があるかと思うと、別の方面では時代の寵児のような扱いを受けているのがゲイの方々。今、テレビを見ていても、そういう方たちが大活躍している。おしゃれでセンスがよく、頭がいいというのが特徴だ。

以前私は、この欄で、

「今のテレビは、デブとゲイが跋扈《ばっこ》している。いじめられるM役を引き受けているのがデブ、毒舌のSはゲイの役であろうか」

と書いたことがある。が、テレビに詳しい友人から、

「そんなの昔の色分け」

と注意された。最近のゲイの方々は「乙女系」とも言われ、毒舌で売ったりはしていない。ふつうの女性よりもやさしく、ロマンティックで、綺麗で美しいものが大好きだというのだ。

そういえば、私の知っているあの方も、あの方も決して意地悪ではないもんなあ。時々手紙をくださったりするが、その字の美しさ、気くばりというのは、今の若い女性にはないものだ。

私は昔から毒舌系のゲイバーというところが苦手で、ほとんど行ったことがない。若い頃はたまに連れていってもらってもイジめられてばかりいた。どうもグズでダサい女というのは、彼らの意地の悪さに火をつけるようだ。

そういえば、大昔「11PM」に出た時に、

「名門六本木のPの方々です」

という司会者の声と共に、ドレスに身をつつんだ妖艶なゲイの方々が登場し、ショーをくり

ひろげた。その中のひとりと目が合ったとたん、

「あ、あんた、テニス部にいた女の子じゃん」

な、なんと大学時代の顔見知りだったのである。私の通っていた日大芸術学部は、当時からユニークな学生が多く、学園祭にはゲイバーの模擬店が出た。これが本格的なもので、かなり人気があったと記憶している。美術学科の男の子が女装のママをしていたが、あの後も本格的な道を歩んでいたとは……。私たちは再会を喜び合い、その後、彼の店に一度ぐらい行ったような気もする。

さて、そのゲイ選手に刺激されたわけではないが、世界陸上を見始めたら実に面白い。記録がどんどん上がっていくのが、すごいぐらいだ。地球の気温も急上昇しているが、人間の走ったり跳んだりする能力も、飛躍的に上がっているらしい。

そして、夜の競技場に映えるアスリートたちの肉体の美しいこと。中でも惚れ惚れするような美を、これでもかと見せつけてくれるのは黒人の選手たちだ。白人やアジアの選手たちはとてもかなわない。彼らの前ではぼやけて見える。真直に伸びた脚は長く、無駄なものが何ひとつついていない。跳躍する際の筋肉の綺麗さといったら、もうため息がもれてしまう。

「一度でいいから、あんな体を持てたら、どんなに幸せかしらん」

と、うちに来てくれるストレッチのインストラクターに言ったところ、

「プロは今が最高の体に持っていっていますからね。でもね、競技大会が終わると気が緩んで、

いったん体も緩くなってきますよ」

と教えてくれた。それを聞いて少し安心する。年がら年中あんな肉体を持っていたら、どれほど気を遣うことであろうか。

もう今さらこんなことを言ってもせんないことであるが、私の人生をふり返り、かえすがえすも残念なのは、スポーツの楽しみについに出会えなかったことだ。やるのはもちろん見るのも駄目。

女性でプロ野球に夢中になる人がいる。選手を好きになるのならまだ理解出来るが、不思議なのは球団を熱烈に愛する人たちだ。

「阪神は子どもの頃からだから、筋金入りよ。東京に住んでいたって、ずっと応援してたんだから」

という人がいた。

「だってさ、球団っていうのは、しょっちゅう選手や監督が入れ替わるんでしょう」

と言うと、

「だけど同じなのよ。チームには個性っていうもんがあるのよ。阪神はずっと阪神なのよ」

などといわれてもよくわからない。どうやら球団というものはひとつの人格を持っていて、それが多少若がえったり、年くったりするようである。

ゴルフをやる友人は多い。最近は自分の子に小学生から習わしている人もいるが、ものすごいお金がかかるそうだ。また子どものうちから、キャディさんにものを言いつける、っていうのはどうなんだろうなあ。石川クンの場合は、親御さんが信念を持ってプロにすべくやらせていたので、文句をつける気はないが、ふつうのうちでガキ、いや、お子ちゃまのうちからやらせるのはどうかなア。白洲次郎氏は、ご自分が理事をつとめる名門ゴルフ場に来る若者を見て、イヤな顔をなさったそうだ。

「若いうちは団体競技をやりなさい」

私もこの意見に賛成だ。私も子どものうちにバスケットやバレーをやっていたら、どんなにか協調性のあるマシな人間になってたか。もう悔やんでも遅い。素晴らしい肉体からも、強い精神からもほど遠い人生であった。

………

嵐の夜に

私と故郷山梨との冷たい関係については、もう何度もお話ししていると思う。

ふつう文化人というと、郷土でそりゃあ大切にしてくれるものである。知事とサシで話しては地元のための頼みごとをされたり、したりする。

しかし私が過去、山梨県知事と会ったのは十数年前たった一回だけ。

私の友人の建築家とか歌人とか、プロデューサーといった人たちは、山梨県の「ご意見を聴く会」のメンバーになり、あれこれ知事にアドバイスしたりしていたようだ。仲よしの建築家が私にチクった。

「山梨にもっと人を呼ぶには、林真理子文学館をつくらなきゃダメ、って言ったらさ、知事とかみんな、ふふ、って笑ったよ」

そりゃあ、彼が口にしたことはジョークであるが、そう露骨に反応しなくてもいいのではなかろうか。

「山梨の人って、本当にハヤシさんに冷たいですね」

東京にある高級日本料理屋のおかみさんも言った。

「うちは昔から、よく山梨の県庁の方や知事さんにお使いいただくんですけど、私が、うちはハヤシマリコさんもよくいらっしゃるんですよ、と申しあげたら、ふーん、それがどうした、って顔をなさるんですよ。みなさん、郷里の誇り、って思ってらっしゃらないんですかね」

思っているもんですか。

何年か前、私は「山梨放送五十年史」というものを見せられたことがある。そこに昭和四十四年、ラジオの大型企画として、

「一般公募した月曜から金曜日までのＤＪたち」

という写真があり、いちばん左端にいるのは高校時代の私である。ふつうこういう場合「左端にいるのは十六歳当時のハヤシマリコさん」というキャプションがつくのでは？

私はおそるおそる山梨放送の人に尋ねた。

「あの……、ここに写ってるの私ですけど、ご存知なかったですか」

その人はきょとんとしたように言った。

「知ってましたけど、それが何か……」

その時、私のウヌボレはこっぱみじんに砕けたといってもいい。東京でちょっと活躍してい

るから、故郷のみんなが知っていて喜んでいてくれるだろうなんて思っていたのは、私の勘違いだったのね。ああ、失礼しました……。

と割り切ったものの、腹の立つことは山のようにある。たとえば帰省の際、甲府の老舗デパートに出かけた私は、知り合いがトークショーをすることに気づいた。

「ちょっとおめにかかれませんか」

と言ったところ、全く無視。ロビーで三十分待たされたうえ、やっと出てきた彼に声をかけようとしたところ、

「話しかけないで、って言ったでしょう！」

と若い女店員に怒鳴られた。この時は怒りでわなわな震えましたね。

ああ、こんなことをあげたらキリがない。

が、最近新しい知事さんになったとたん、風向きが変わった。

山梨の東京事務所の方々が私のところにいらして、友好関係が結ばれたのである。先月初めて知事さんと対談をした。東京で開く山梨の観光物産パーティーにもいらして下さいと招待を受けた。これも初めてのことである。そうなったらもともとお調子者で、ミエっぱりの私のことである。故郷のために一肌もふた肌も脱ごうという気になってくる。

「じゃ、その日はワイン好きの俳優の辰巳琢郎さんをお誘いしますよ。辰巳さん『日本ワインを愛する会』の副会長ですからね」

「えっ、あんな有名な方が本当に来てくださるんですか」

「おほほ、私ととっても仲よしですからね」

もうひとりワイン仲間の精神科医和田秀樹さんもお誘いした。それが昨夜のこと。ところが台風が東京をめざして進んでくるではないか。夕方から雨と風が激しくなってきた。どうしようかと悩んだのであるが、故郷のためにエイヤッと立ち上がり、会場へと向かう。

やはり台風のためか、エレベーターのあたりに人はいない。乗り込んだところ、あちらから男性がやってきたので、しばらく扉を開けて待つ。品のいい中年の男性は、私と同じ五階を押した。

「ということは私と同じパーティーだわ。でもこんな素敵な人、本当に山梨県関係者かしらん」

とにかく一緒に降りて会場へ。盛況でびっくりした。お料理もいっぱい。肝心のワインの方も、今年国内の金賞をとったものがズラリ並んでいる。甲府から来たという女性ソムリエが注いでくれた。その間にもひっきりなしに、名刺交換といって人がやってくる。が、その方たちから、

「ハヤシさん、どうして山梨県のパーティーにいるの」

と聞かれ、唖然とする私。

やがて辰巳さん、和田さんもいらっしゃった。辰巳さんはやはりワイン関係の知り合いが多

く、ここでも人気の的であった。そしてひとりの男性を紹介してくれた。

「僕の飲み友だちなんだ」

なんとエレベーターで会ったハンサムではないか。大企業の御曹子だと。

「この後、みんなでイタリアン行きますけど、よろしかったらご一緒に」

すかさず誘った。この方は台風でこの後の宴会がふっとんだそうでOKしてくれる。外はもうまっすぐ歩けないぐらいの暴風雨になっている。が、飲み足りない私たちは店へ行き、四人でシャンパンにワインを三本飲んだ。その御曹子は、次回は僕がご馳走しますと約束してくれた。郷里と初めて仲よくなった夜に、こんな素敵な人とも仲よくなれるのね。人のつながりって不思議なものね。台風の夜は人を高揚させる。私たちはイタリアンワインを次々と飲み干したのである。

………姫の運

安倍首相が突然の退陣を表明した。

「あら、まっ」という驚きが去った後、しみじみ思ったのは、

「まあ、あれだけマスコミにいじめられれば、誰だってイヤになるだろうなあ」

ということである。朝日新聞などは「反安倍キャンペーン」を張っているかのような書き方であった。育ちがよく、ふつうに人柄のよかった安倍さんには耐えられなかった日が続いたはずである。が、安倍さんのひよわさはどうにも否定できない。

「全くお坊ちゃんは駄目だねえ」

その日乗ったタクシーの運転手さんが、吐き捨てるように言った。

「俺たちみたいに苦労してれば、もっと踏んばれるはずだけどねぇ。麻生だって坊ちゃんだろ。期待できないよなァ」

前日、実はそのことで盛り上がっていたのである。仲よしの精神科医和田秀樹さんは、「受験の神さま」の異名をとる人であるが、彼は中学受験が子どもを強くたくましくする、という考え方の持ち主である。最近出した本の中で、和田さんははっきりと書いている。

「私は、少なくとも一年に三二〇〇ほどの人が入れる東大に合格できないような人に日本国の首相になってほしくない」

おじいさんもお父さんも東大を出ていて、政治家をなりわいにする家系に生まれた安倍さんが、小学校から大学までエスカレーター式の学校に入り、一度も受験を経験していない。

「ということは、一度も必死の努力とか挫折を知らない少年、青年時代を過ごしたっていうことなんですよ。そんな人間が、どうして一国を率いていくことが出来るんですかね」

だったら次期首相の呼び声高い、麻生さんだって駄目じゃんと、もうひとりの友人が言った。

「そう、そう、安倍さん、麻生さんと、受験を経験していない首相が続いたら、日本はいったいどうなるんですかね」

と和田さんは深いため息をついたものである。

そしてその次の日が、「やーめた」の突然の首相退陣であるから、和田さんの心配はあたったことになる。

それにしても世の中、変わったものだなあ。新聞の広告を見ても今や「中学受験」は父親を巻き込んでの大潮流となっているのがわかる。そう、受験が「善」になる時代がやってこようとは思いもしなかった。ほんの十年前まで、「詰め込み主義」とかいわれ、子どもに必要以上の勉強をさせることはよくないことだという空気があったのに、この変わり方はすごい。

そしてもっと世の中は変わっていると思い知らされたのが、今回の姫井議員の不倫騒動である。最近の「アエラ」で彼女はあれこれ釈明している。きちんとした皆を呼ぶ記者会見でなく、自分の言い分を（つっ込むことなく）書いてくれる雑誌だけにインタビューに応じるというのは最近の流行であるが、これはちょっとイヤな感じ。

もっとイヤなのは、「姫」とか「二児の母」で売り出していた人が、突然、

「女だからこんなめにあった」

と、被害者になったことである。女だから不倫のことを書きたてられたんじゃない、あなたと全く同じ時期に、横峯パパも不倫でやられてますよ、と私は言いたくなった。が、姫井さんは、頑張る女をつぶす一環としてこういうことをやられるのだと言い張るのである。

あんなレベルの男とつき合ったこと自体、かなりワキが甘い。はっきり言ってこんな程度の女性でも、民主党ブームにのって当選するのかと私などはうんざりする。が、最近の女の人はどうも違うようだ。アンケートを見ると、たいていの女性が同情的なのだ。それどころか、

「女実業家的だしかわいげもある。男なら愛人の1人や2人いて当然」

「女性もようやく男性なみに〝甲斐性〟が出てきたか、あっぱれ」

という読者のコメントがあってびっくりした。「アエラ」の読者がトンがった女だというこ

とを考慮に入れても、これはすごいことではないだろうか。女が、女の不倫を容認し始めたのである！

同じことをしても男がすると保守になるが、女がすると革新になるという名言を吐いたのは中野翠であるが、どうやら姫井議員によって、女の新しい地平はひらかれるらしい。決して嫌味ではなく、このまま姫井議員がうまく逃げ切ったら、私は拍手する。そうかァ、女はもうそんなところまでいっているのかと認めざるを得ない。

「力がある女が、結婚していようと、子どもがいようと、愛人のひとりやふたりいてもいいではないか」

というのが主流になったら、それはそれでいいかもしれない。私も尻馬にのって……と言いたいところであるが、もう時間切れだ。

先日、久しぶりにテレビのトーク番組に出たところ、ただのデブのおばさんが映っていてがっかりした。自分では「年よりも若い」などと思っていたがハイビジョンは残酷で、シワもタルミもしっかり映し出していた。

それなのに本人は言いたい放題。

「占いによると、二度結婚出来るらしい」

「恋愛、いいですねー。女はそういう気持ち捨てたくないですよねー」

などと、本当に勘違いもはなはだしい。

時代は変わる。いつでもころころ変わる。その変わり目の時に身を置くことが出来るかどうかというのは、その人の運というものであろう。

その点、姫井議員は運がいい。小池百合子さんも運がいい。このあいだの一連の出来事で人気を失くしたと思ったら、どうもそうでもないようだ。

「女が権力を握るために、変わり身が早くて何が悪い」

という声に後押しされている。首相の目は本当にあるかも。だってこんなに女に甘い世の中だもん。

……

歳月と私

ある日仕事をしていたら、座っていた椅子がめきめきと音をたてて壊れていった。唖然とした。私の体重に耐えかねたこともあるだろうが、椅子としての生命が終わったということであろう。後に、

「ネジがひとつはずれてましたよ」

と点検したハタケヤマが言った。

この椅子は特殊な形をしていて、前のめりに座り、膝で体重を支える。腰の負担を軽くするためだ。二十年前に通販雑誌で見て買った。今は亡き景山民夫さんが、これに座って執筆している写真が記憶に残っている。

二十年間、文字どおり私を支え、私の腰を守ってくれていた椅子だ。そしてついに、「もうダメ」と、バキバキと折れていった。なんとけなげな椅子であろうか。

この椅子を、今日粗大ゴミに出した。

「長いことありがとうございました。いっぱい書くことが出来ました」

と心の中で手を合わせた。

それにしても二十年は長い。椅子が壊れるほどの長さだ。それどころではない、人に言われて気づいたことであるが、今年は私のデビュー二十五周年にあたる。ついこのあいだ「ルンルンを買っておうちに帰ろう」という本を出したような気がするが、もうそんなにたっているのかと感慨深い。

私も年をとるわけである。先週もお話ししたと思うが、この頃の私はちょっとめげている。珍しく二回たて続けにテレビに出演したところ、ものすごく老けて太って映っていた。いやあれが真実の姿なのであろうが、それにしてもひど過ぎる。ここのところ女性誌にやたら出て、

「女は努力することが大切です」

「いくつになっても、美しさを追い求めなければ」

などと、エラそうなことを言っていた自分が本当に恥ずかしい。このストレスでまたつい食べてしまったではないか。

ところで、「ａｎａｎ」という、若い女性向けの雑誌がある。歴史と人気を誇るファッション誌だ。大変な権威を持ち、ここでの「好きな男ランキング」アンケートの結果が、タレントさんたちの仕事とギャラを決めるという噂がある。つい先日もキムタクがこの企画で「好きな

男ベスト1」V14を達成し、大きな話題になったばかりだ。

実はこの雑誌に、私は長いことエッセイを連載している。初めて書いたのは二十年前のことではないだろうか。その後、何度かお休みしたりした後「美女入門」と名を替え、書き始めてはや十年、このたび五百回を迎えることになった。「週刊文春」の千回には及ばないものの、かなりの長寿連載となっている。

自分で言うのもナンであるが、このコラムはわりと人気があり、ひと頃私は、

「アンアンを後ろから開かせる女」

とよく表現されたものである。なぜならこのコラムは、雑誌の最終ページにあるからだ。

考えれば、いや考えなくても私もトシである。自分の娘のような年齢の読者に向けて、ファッションや恋、ダイエットのことを書くのはかなりシンドい。「後進に道を譲る」というのはおこがましいとしても、そろそろ若い人と交代しなければといつも考えている。ゆえに五十になった時や、編集長交代の時などに、申し出ているのであるが、

「もうちょっとだけ」

という言葉に甘え、ずるずると続けている。が、といっても、このコラムがなかったら、ジャニーズのコンサートに行くことも、ネタづくりのために洋服を買いまくることもなかったはずだ。このコラムがあるから、私はアクティヴに行動する。

そしてこのコラムは五百回を迎え、記念に大イベントをやってくださることになった。それ

は恥ずかしいが、はっきり言います。

「林真理子さんと行く、美女になるツアー」

が企画されたのである。なんでもタイに、王族がこっそり通う素晴らしいリゾート地がある。そこはエステやジム、食事療法が完璧で、女にとってはまるで極楽のようなところらしい。ここに読者四人を招待することになった。といっても抽選ではない。グラビアにばんばん出るので、かなりのルックスでないと困るようだ。ゆえに顔と全身の写真が必要となる。そのうえに「私と『美女入門』」という作文も、大きな採点の条件になるようだ。まるで女子アナの第一次試験のようであるが、大変な数の応募があったようだ。つい先日、編集長と担当者がやってきた。

「僕たちで最終の十人選びましたが、ハヤシさんの意見もききたいから見てください」

どれどれ……。写真を見るとみんな可愛いコばっかりだ。一週間旅行するので、学生やフリーターが多い。みなさん作文もうまく、

「ハヤシさんみたいに、素敵な大人の女性になりたいです」

などと私が喜びそうなフレーズをいっぱい書いてくださってる。が、中にこんなのが。

「この勘違い女。私が『美女入門』に抱いた第一印象です。ハヤシマリコなんてふつうのおばさんじゃん。なんでこのおばさんから、おしゃれのことや綺麗になる方法を聞かなきゃいけないのと思いました」

だけど本を読んだら全然違う。ちょっとファンになりました、というオチがつくのだが、かなりむっとしましたね。

「このコ、絶対に仲よくなれそうもない！　一緒に離れ小島行く自信ないわ」

とつい私怨《しえん》に走ってしまった私である。が冷静に考えれば、「勘違い女」「ふつうのおばさん」というのは、若い人が見た正直な感想であろう。もう二十五年たってるもん。椅子も壊れたほどの年月、書き続けてるもん。

再会の土地

初めての中国旅行のことは、もう何度もいろんなところに書いている。

今から二十八年前のこと、新米コピーライターだった私は、実家に帰った際に一枚のチラシを見つける。「出版文化訪中団参加者募集」と書かれ、大手の出版社が主催し、訪中団を組んでくれるという内容だ。当時、中国は個人が自由に渡航することが出来ず、こうした団体に入るしかなかったのである。

あの頃の日本人の、中国への思いをどう言ったらよいのだろうか。神秘の国がやっとヴェールを脱ぎかけた。とてつもなく広く大きな国らしい。行ってはみたいけれど、とても近くて遠い国のようだ。多分行くのは無理……というのがおおかたの人の感想だったはずだ。

が、私はどうしても行きたいと思った。本屋の店員という肩書きで申し込めばいいのだ。まわりでも誰も行ったことのない中国。そこへ旅することが出来たら、どれほど驚かれるだろう。

いや、それだけでは物足りない。写真を撮って文章を書けば、どこかの雑誌社が載せてくれるのではなかろうか、と、私は奮いたって、あれこれ画策した。まだ高額だった中国旅行のため、友人から借金もした。もしいろいろ写真を撮ってきてくれれば、記事にしないこともない、という雑誌社も見つけた。が、問題は当時勤めていた小さな広告代理店である。十日間の休暇を申し出たところ、そんなに長くては駄目、とはっきり言い渡されたのである。その時、どうして私にあんな勇気があったのかわからない。

「じゃ、辞めますから結構です」

と即座に言い、次の日には辞表を出し、次の月には中国に向けて旅立った。職なし、貯金なし、借金ありの状態は、むしろふっきれた気分に私をしてくれたものである。後に思うと、私の人生を変えた大きなきっかけになる旅であった。帰国後、私はフリーランスになる道を必死で見つけ、それがいくつかのチャンスにつながっていくのである。

そしてその旅行は本当に楽しかった。飛行機が上海空港に着いた時、粗末な木造二階建ての空港建物の上には、巨大な毛沢東の肖像画が掲げられていた……。などといってももう信じてくれる人もいないだろう。三十年近く前、中国を見られたことの幸運を、私は強く胸に刻みつける。中国が、こんなに短期間で変わろうとは、全くあの時は想像出来なかった。

さてその訪中団の時、仕切っていたのは日中文化交流協会という民間の団体である。この時何くれとなくめんどうをみてくれたのが、協会の横川氏という方である。北京に留学されていたそうで、流ちょうな中国語を話す、品のいい白皙《はくせき》の青年に、若かった私は密かに胸をときめかせたものである。十年ぐらい前、この横川氏からお手紙をいただいた。ぜひ文化交流協会の会員になってください、ということで、これも縁だと私は年間一万五千円の会費をなんとなく払い続けていた。

この日中文化交流協会の会長は、長く作曲家の團伊玖磨氏がつとめていらしたのであるが、二〇〇一年にお亡くなりになってからは、作家の辻井喬さんが就任された。その辻井さんが、ある時私にこうおっしゃったのだ。

「今年、ハヤシさん、一緒に中国行きましょうよ。ぜひ若い人に行ってもらいたいから」

このトシで「若い人」などと言っていただいたことが嬉しく、私はその場でハイ、とお返事した。

そして出発の半月前、私はあの横川氏と二十八年ぶりに再会した。若かった氏も、白髪頭になり、なんと常務理事という要職におつきになっている。今回は横川氏が同行してくれるのである。

「ハヤシさん、あの旅は本当に楽しかったですね」

と横川氏も言った。本当。あれから十回以上中国を旅行しているけれども、最初の旅にはかなわない。私の人生にあれほどのインパクトを与えてくれた旅は、おそらく最初で最後であろう。

そしておととい、私は中国に向け出発した。日中文化交流協会は、民間ではあるが長い歴史を持つため、大きな権威と信用を持つ。中国へ行くまでは自費であるが、あちらではいっさい文化部が接待してくれるそうだ。私たち一行、七人のグループは、北京空港で文化部の人とおち合い、それから乗り替えて西安へ。西安は初めてであるが、かねてから憧れの地であった。シルクロードの出発点、井上靖さんの「敦煌《とんこう》」の舞台になったところである。

が、空港も近代的で大きい。街もビルが建ち並んでいる。つまり中国のどこにでも見られる「発展驀進《ばくしん》中の地方都市」なのである。

そして一夜明け、まず行ったところは有名な「兵馬俑《へいばよう》」だ。そう、秦の始皇帝のためにつくられた、陶製の兵士たちの群れである。あれを写真で見るたび、かなり不気味な気分になったが、本物はもっとシュール。やたらリアリティがあり、ひとりひとり表情が違う人形が、ずらり何百体も並んでいるのである。迫力があるといえばそうだが、なんか悪夢に出てきそうな兵士たちの群れだ。この博物館は巨大なドームとなっており、世界遺産にも登録されている。年間なんと二百六十万人訪れるというからすごいではないか。実はこの兵馬俑、発見されたのは最近で、今から三十三年前、井戸を掘っていた農家のおじさんが偶然見つけたのだ。

「あの人がそうだって」

若い作曲家の猿谷紀郎さんが指さした。人のよさそうなおじいさんが、観光客相手に何やら喋っている。後で猿谷さんは教えてくれた。

「あのおじいさん、発見の報酬、いくらだったか知ってる？　三十元（今の価値で約四百六十円ぐらい）だってさ」

それがこの一大発見となり、巨大な観光スポットとなっているのだ。

「三十元じゃあんまりだよねえ」

私たちはふんがいした。どうやら歴史の凄さより、こうした卑俗なことに目を向ける旅になりそうだ。二十八年前と全く同じである。

………広い中国、そんなに！

私から見ると、中国の発展の凄さというのは、どこかタガがはずれたようなところがある。

昨年訪れた上海は、超高層ビルが次々と建ち、まるで近未来都市のようであった。そして今回五年ぶりの北京は、街全体が工事中という感じ。トラックで道路がびっしり埋まり、どこもかしこも渋滞中である。空気が悪くて、やたら咳が出る。オリンピックが終わったら、少しは落ち着くのだろうか。二十八年前、北京一の繁華街王府井《ワンフーチン》は、思わず衿を正したくなるような、気品高い通りであった。当時の商店はすべて壊され、ただの大ショッピング街と化している。

いや、いや、外国人が昔を懐かしがったりするのは余計なお世話というものだろう。格差はあるというものの、今中国の人たちは飛躍的にお金持ちになり、資本主義の快楽を享受しているのだから。

私たちを接待してくれるのは、文化部という政府の一機関であるが、大変なもてなしようだ。

ホテルはどこも五ツ星だし、お食事もものすごく豪華。現地の方との交流会も、一流ホテルのダイニングだ。

私は心配になり、傍の横川氏に尋ねた。

「片や中国はこんなにゴージャスに歓待してくださるけど、反対にあちらの方々が来日された時は大丈夫なんですか」

日本の日中文化交流協会は民間の団体で、会費と寄付に頼るため、失礼ながら財政的にかなり厳しいと聞いたことがあるからだ。

「とてもこちらの真似は出来ません。日本にいらしてくださった方々は、せいぜい〇〇〇〇〇クラスのホテルですし、食事もそう贅沢なことは無理です」

この数年で、すっかり情況が逆になったようだ。

「ですけれども、幸いなことに京都や奈良にも会員が何人もいらっしゃるので、そういう方が個人的に中国の文化人の方々をとてもよく歓待してくれます」

文化交流協会は、日中友好条約が出来るずっと以前からの団体で、五十年間コツコツと両国の架け橋になってきた。そのために中国での評価はとても高いと、横川氏は誇らし気におっしゃる。それが証拠に、今夜私たちは、人民大会堂で行なわれる「日中国交正常化三十五周年記念式典」に招待されているのだ。早めに行ってテーブルに着くと、やがて温家宝首相、唐家璇国務委員といった中国要人に森喜朗元首相、村山富市元首相といったＶＩＰがご到着。この巨大な建物の中で立って拍手してお迎えすると、少なからず興奮する。よく見るニュースとそっくり同じシーンではないだろうか。

お料理はフカヒレとナマコの煮込みなど、まあまあおいしかったけれど、ものすごいスピードで出てくる。その合い間に楽団が音楽を演奏し、谷村新司さんが「昴」をお歌いになった。

私ははるか遠くにお座りになっている要人の席を眺めるのであるが、誰が誰だかよくわからない。

「温家宝さんって、どんな顔してたっけ」

隣りの作曲家猿谷さんに聞いても、彼も首をかしげる。

「うーん、この頃中国のえらい人って、インパクトのない顔してるから憶えられないや」

かつてのようにカリスマ指導者がいなくなったというのは、国が豊かになったということであろう。

それにしても料理が出てくるスピードの早さといったら尋常ではない。箸を途中で置こうものなら、ただちにウエイターが下げていく。そしてまだデザートが配られていないというのに司会者が告げた。

「途中ですが、時間なのでお開きということで」

ウッソー！　という感じだ。この食事を出す早さというのを、中国で何度も体験した。昔、「狭い日本、そんなに急いでどこへ行く」という標語があったが、中国にはあてはまらない。

国土はあくまでも広く、人々の数は無限と思えるほどだ。

「広い中国、そんなに急いで何になる」

まあ、これも外国人の勝手な感想であろう。

さて教育問題を皆で勉強していると、中国人の優秀さが必ず話題になる。今やハーバードやオックスフォードのビジネススクールでも、半分ぐらいが中国人留学生だそうだ。

日本がフリーターだ、ニートだと嘆いている間に、中国の若者たちは英語をマスターし、世界の一流大でMBAをとっていく。今や教育の分野において、日本は中国に追い抜かれているどころか、ハナもひっかけてもらえないらしい。

私だけひとり早く北京を発つという日、郊外にあるポプラ絵本館を訪ねた。ここは日本の出版社ポプラ社が、商売を度外視して出店した絵本館だ。日本語と一緒に、中国語に翻訳された絵本がずらり並んでいる。日本でもおなじみのポプラ社や岩波の児童書だ。

こちらに来て初めて聞いた話であるが、最近まで中国には絵本というものがなかった。幼児期を過ぎると子どもたちはすぐに文字がぎっしりの本に移っていくそうだ。ためしに同行してくれている二十代の文化部のエリート青年に尋ねたところ、彼も子ども時代、絵本というものを読んだことがないそうだ。

ポプラ館では本を買わなくても自由に読めるようにし、読み聞かせも定期的にしているようだ。少しでも中国の子どもが絵本に親しんでほしいという思いかららしい。しかし余白の多い絵本を見て、中国人のお母さんはこう言うという。

「なんてムダなんでしょう。この白いところはメモに使えるのかしら」

それでもここに来てくれるお母さんはいい方だ。たいていの人は興味を示さない。その替わり、北京の子どもたちは英語教育を徹底してほどこされ、七、八歳ぐらいで、日常会話には不自由しないぐらいまでになる。その年頃、日本の子どもは絵本か子どもの本を読んでいる。どっちがいいなんて答えはまだ出せるはずはないけれど。

「広い中国、そんなに急いで何をする」

三等国民のパリ

北京の後は、すぐに秋のパリへ。

このところめったに海外に行かなかった私なのに、なぜかたて続けにあちこちに出かける用事が出来たのである。

それにしても、私の体力のすごさに自分自身が驚いている。こういうことをしていると、いずれバタッとくるのではないだろうかという不安があるけれども、今のところすこぶる元気だ。もしかすると毎朝飲んでいる高麗ニンジンジュースのせいかもしれない。

パリでは時差のために、ほとんど眠れないまま、毎晩（といってもたった三泊だけど）パリコレ、バレエ、オペラと見まくって、その後はシャンパン、ワインをどっさり飲み、おいしい食事を堪能した。

本当に、なんてパリって美しい街なんだろうか。北京と違って、この街はほとんど変わっていない。初めて来たのはなんと三十四年前のことである。当時ヨーロッパへ旅行する女子大生なんていなかった。それなのに貧しい学生の私がなぜ来られたのか。中国旅行と同じく、ここにもドラマがある（エラそうだな）。

その年大丸デパートがパリ支店をオープンするにあたり、若者から作文を募集した。その十人に選ばれたのである。当時一ドルが三百六十円ぐらいの時代で、ただでさえお金のない私は、手も足も出なかったのを憶えている。確かお土産に買ったディオールのハンカチが二千六百円で、他は小さいアクセサリーを買うのがやっと。

が、今回三年ぶりにパリに来て愕然とした。ユーロがものすごく上がっていて、やっぱり何も買えないのだ。鹿島茂さんが書いていらしたが、あっという間に我々は「三等国の人間」になり下がっていたらしい。

「全くついこのあいだまで、私たち、肩で風を切ってこのパリの街を歩いてたのよ」

若い編集者相手に、過ぎし昔を自慢するおばさん。

「もうさー、バブルの頃なんか女友だちと二人でしょっちゅう来て、買って買って買いまくって、帰りはスーツケースひとつまた買わなきゃならないぐらいだったのよー。シャネルだって、エルメスだって、それこそ日本人の客で押すな押すな、っていう感じだったのよー」

「僕たちって、その、肩で風を切る、っていうのを知らないんですよ」

三十五歳の男の子は言う。

「僕たち、ものごころついた時から、日本は不景気だったもんで」

「そうねー、そういうもんかもしれないわねー」

と頷く私であった。

しかし貧すれば鈍す、とはよく言ったものである。高級なサロン・ド・テのようなところでお茶をすると、コーヒー三人分にケーキ一個食べて（私が）、日本円にすると九千円ぐらい。いつもなら伝票をひったくっている私の右手がつい元気がなくなってしまう。

「お願い……。現地の方、払って……。私、貧しい国から来てるもんで」

と、懇願する目つきになってしまう自分がみじめだ。が、現地の方は太っ腹だ。

「ハヤシさん、せっかくいらしてくださったんですから、オペラとおいしいワインをたっぷり楽しんでくださいよ」

とご馳走してくださった。本当にその節はありがとうございました。

さてパリの国立オペラ座は何度か行ったことがあるけれども、特にバスティーユの方はアヴァンギャルドな演出だ。私はニューヨークのメトロポリタンオペラも大好きだけれども、あちらはたいていの場合、非常にオーソドックスな演出である。「椿姫」も「カルメン」もワーグナーも基本に沿ったコスチュームで演じられる。おそらくアメリカ人にとって、オペラというものは、まだ手に入れたばかりの非常に大切なものなのであろう。

ところが今回のパリでの公演は、非常に斬新な舞台づくりでびっくりするほどだ。「アリアンヌと青ひげ」という、私も初めての演目であったが、中世のお城が一九六〇年代の縫製工場という設定だ。その前の日にバレエの「ロミオとジュリエット」を観たが、初日ということもあって、客席は大人のエレガントなカップルばかりである。日本の若い女の子ばかりのバレエ公演とはまるで違う。オペラもしっとりとした大人が多く、いかにこの国で芸術が深く根づいているかよくわかる。オペラというのは、フランスでは充分に発酵されているために、いくらでもアヴァンギャルドが出来るような気がした。が、詳しい人に言わせると、

「初日はすごいブーイングで、女性の演出家は可哀想でしたよ」

けれども千秋楽が近づくにつれ、それは拍手と喝采に変わっていったそうだ。いかにもフランスらしいエピソードではないだろうか。そしてさらにその方に言わせると、フランスというのは完璧にオペラ輸入国だそうだ。

「だって第一線で活躍している、フランス人のオペラ歌手ってあんまりいないでしょう」

なるほど、確かにそうだ。イタリア語で歌う場合、フランス語のヘンな癖がつくというのである。

「そこへいくと、日本人の方がイタリア語の発音がいいっていわれてますよ。日本語とどこか似ているんじゃないでしょうか」

その割には世界で活躍する人が少ないのでもっと増えて欲しいですねと、その方は結んだ。

それにしてもその夜のオペラはとてもよかった。海外で最高のオペラを聞くなどという贅沢は、

三等国の国民にとっては、これから先もうあんまりないんじゃないかと感慨を持って聞いた私である。

そして次の日パリを発ち、月曜日の朝成田に到着。そしてすぐ美容院へ行き着物を着て、神田うのちゃんの豪華披露宴に出席した。三等国国民といえども、体力はまだ充分にある私である。

あさってからは例の「ａｎａｎ」の「美女になる」タイツアー。日本での仕事がたまりにたまり、涙が出そうである。本当に行けるのか?!

………

拍手、拍手

二十日の間に三つの国をまわるというのは、そもそも無理なスケジュールであった。中国もフランスもタイも、どこも三泊。しかもその合い間に結婚披露宴にふたつ出て、仕事も私生活のイベントもこなす。

私の心の中で、自分の体力と気力を試してみたいような気があったに違いない。

そしてパリから帰り、タイに出かけるまでは二日間の時間があった。が、一日めのスケジュールはびっしり。

「ハヤシさん、今日のお芝居、どうにかならないんですかねえ」

とハタケヤマ。

「どうにもならないわよ」

二ケ月ほど前のこと、いつもやっている週刊誌の対談があった。相手は俳優さん。ある劇団の主宰をしている方だ。話は楽しくはずんで、近く行なわれる公演のこととなった。

「ぜひうかがわせていただきます」

「ぜひいらしてくださいよ」

と、ふつうまあ社交的儀礼が行なわれるのであるが、率直なその方は違っていた。

「ぜひうかがわせていただきます」

と私が口にしたところ、即座にこう切り返されたのだ。

「ハヤシさん、そういうことは言わない方がいいと思うよ。だいたい、来るって言って来た人はいないもん」

「失礼な」

きっとなって言う私。

「私は律義なことで有名なんですよッ。この対談に森進一さんに出ていただいた時も『ハヤシさん、次はじゃがいもの会に出てね』とおっしゃったんで、三年間ずっと募金箱を持って走りまわっていたんですよ。私は約束は必ず守るんですッ」

こうタンカを切った手前、どうしてドタキャン出来るであろうか。しかもその劇場は、うーんと遠いところにあり、スタートは夜の七時と遅い。少し早く着いたので原稿用紙を買い、劇場の中のカフェで、ぬるいカレーを食べながらエッセイの原稿を書いた。

「それにしても眠いわ。パリの時差がまだ直ってないみたい。もしお芝居の最中、寝たりしたらどうしよう。起こしてね」

二時間半の休憩なしというではないか。しかしお芝居はとても面白く、眠気もふっとんだ二時間半であった。よかった、よかった。さて、次の日、ハタケヤマはまたもや文句をたれる。

「ハヤシさん、小説の〆切りがまだびっしりと残ってますよ。それでも今日の会食行くつもりですか」

「あったり前じゃん」

これまた対談がらみになるのであるが、あるハンサムな俳優の方と会った。その方とは以前からの知り合いで、

「今度ご飯食べましょうよ。後輩の〇〇（やはり超イケメン！）も誘いますよ」

ということになったのであるが、これは話半分に聞いていた私。

その対談があったのが四ケ月前ですっかり忘れていた頃、彼から電話がかかってきたのである。

「ハヤシさん、△日はどうですか」

タイに行く前日であるが、私は「ウレシイ」と叫んでいたのである。

「その時に別の日にしてくださいとか、ちょっと用事が、とか言えなかったんですか」

「あなたねえ、あの人からご飯の誘いがあって、断われる女がこの世にいると思う？」

「そりゃ、そうですけど」

当日は高級イタリアンでおいしい食事とワイン。美しい男性二人に囲まれ、私はもう夢み心地で帰ってきた。が、寝るわけにはいかない。久しぶりに徹夜をすることに決める。原稿を何とか仕上げ、夜明け前にスーツケースをひっぱり出し、洋服を投げ込む。朝の六時半に迎えの車が来て、成田へ向かった。

車に乗っている間、眠っていればいいものを、昨夜のことをみんなに自慢するのに忙しい。そう、そう、女友だち何人かにメールをしなくては。

「ハヤシさんばっかりいい思いして羨しい」

という返事がくる嬉しさといったらなかった。

さて、そしておととい早朝タイから帰り、私の歴史に残る過密スケジュールは終わりを告げた。落とした原稿もなく、キャンセルしたイベントもひとつもない。これは中年となった私に、かなりの自信を与えてくれたといってもいい。

「私だってまだまだやれるんだ」

が、最後の大きなイベントをひとつ忘れていた。今日は三枝成彰さんにチケットをとってもらったベルリンオペラをひとつ鑑賞しなくてはならない。

NHKホールに行ったところ、三枝夫人から一人三本ずつユンケルを支給される。

「休憩にこれを飲んで頑張りましょう」

初めて観る演目だったので知らなかったのであるが、今日の「トリスタンとイゾルデ」は、午後の三時から始まって夜の八時半にわたる長さではないか。ひえーっ！　なんとか頑張ろうと思っても、前奏の段階からこっくりしてしまう。これは他の人たちも同じらしく休憩時間にはあちこちで「眠っちゃったわ」という声を聞いた。

それにひきかえ、舞台に出ている歌手のすごいこと。一幕一時間半、ほぼ二人で歌い続けているのだ。ワーグナー歌いというのは特別の体力と歌唱力を要求されるが、この「トリスタンとイゾルデ」は中でも特別だという。三枝さんが言うには、

「未だかつて、『トリスタンとイゾルデ』を歌った日本人歌手はいない。十年前、Wキャストでちらっとイゾルデを歌った人がいるぐらいだよ。そのくらいすごいことを歌手に要求するんだ」

同時に観客も頑張り、指揮者もオーケストラも頑張り抜く演目らしい。

終わった後は、ものすごい拍手であった。これは観客が自身にも向けたものではなかったか。私もこの二十日の頑張りのフィナーレに向けて、大きく拍手したのである。

ニュースの中心

最近の大きなニュースを見聞きするたびに、

「私ってなんかそこにいるなあ」

とつくづく思う私である。

かの時津風部屋には、友だちに連れられて、四ケ月前に遊びに行っている。今年の春、お伊勢さまの取材で行ったのは、そう、赤福本店だ。

江戸のおもかげを残すこの本店では、大きなカマドに釜がかけられ、湯がしゅんしゅん沸いている。ここで赤福一皿頼むと、おいしい熱々のほうじ茶を無料でいただけるのだ。たいていの人が畳の上に座り、のんびりと赤福を頬ばり、お茶を飲んでいた姿を思い出す。

帳場の横では、若い娘さんが五人で赤福をつくっていた。眺めていると赤福のあの波形が指によるものだということがよーくわかる。会長さんにもおめにかかったが、非常に教養ある文化人で、伊勢の歴史をわかりやすくお話ししてくださった。

編集者が教えてくれた。

「ハヤシさん、赤福というのは一年間に八十億円売れているんです。これは単品のお菓子としては世界第一位じゃないですかねえ。三個入りパック二百八十円のお菓子ですごいと思いませんか」

その時も私の頭の中に浮かんだのは、火があかあかと燃えているカマド、昔の茶屋そのままに、上がってすぐの座敷に座ってあんころ餅をぱくつく人たちである。

「そうよねー、赤福って本当に福があるお菓子よね。食べて幸せ、売って幸せ、あんなお菓子、ちょっとないわよね」

としみじみ頷いた私であるが、それが今回の事件である。あの幸福なお菓子が冷凍ものとは知らなかった。そうだよなあ、大阪駅にもあんなに積んである赤福、売れ残ったらどうなるんだろうと、どうして誰も考えつかなかったのであろうか。

しかし私のまわりでは、

「赤福はやっぱりこれからも買う、だっておいしいんだもの」

という意見が多かった。確かに、あの味、食感はやはり捨てがたいものがある。

食べ物関係で言えば、この十年来、わが家にとって比内鶏はごく身近なものである。なぜならキリタンポ鍋の中に入っているからだ。秋田出身のハタケヤマが、お歳暮にくれてから、私はすっかりキリタンポ鍋のファンになった。キリタンポ鍋セットの中にも、ニセ比内鶏が入っていたということであるが、うちにくるものは本物である。スープの表面にわく脂の濃い膜が、他のものとはまるで違う。スープにもこくがある。

ニセ比内鶏を売っていた社長さんが記者会見していたが、朴訥《ぼくとつ》な秋田弁で喋られるとちょっと弱い。そんなに悪い人ではないのではと、つい思ってしまうのは、いつもキリタンポ鍋を食べているせいであろうか。

ワイドショーは続く。そう、そう、思い起こせば、十三年前、若乃花と美恵子さんの披露宴にも出席させていただいてたっけ。あの日の美恵子さんは、本当に可憐で美しかった。四人もお子さんがいて聡明な彼女が、あんな頭の悪そうなホスト風の男とつき合っていたなんて私は信じられない。信じているのは、彼女がこれから先、あっと驚くような再婚をするだろうということだ。

〝バツイチ〟などという名称がつけられるのはふつうの女で、有名人の奥さんだった女性はそうではない。価値がぐんと高くなって、次の結婚市場でもさん然と輝くはずである。

二谷友里恵さんが今も世の女性の羨望を受けているのは、郷ひろみさんという大スターの奥さんだった後は、大金持ちの有名会社社長夫人となったからである。お子さんがいようと価値は全く下がってはいない。

この典型がダイアナ妃である。離婚した後は世界各国の大富豪やハリウッドスターたちからも引く手あまただったはず。この「元皇太子妃」にはかなわないとしても「元有名人夫人」という肩書きも、相当の威力を発揮するはずだ。

四年ほど前、ある俳優さんと対談した。今やスター街道驀進中の人だ。お話が終わり、カメラマンが後片づけをしているところへ、彼の奥さんが顔を出した。

「ハヤシさん、お久しぶりです！」

驚いた。かなり昔、一緒に遊んだことがある。確かある有名な実業家の奥さんであった。離婚してすぐ、今の俳優さんとつき合い出したという。

有名人の女の夫だったからといって、男の場合は離婚してすぐにモテるということはまず起こらないであろう。

「女に捨てられた男」

というレッテルを貼られるだけだ。が、女性は違う。「有名人の夫」を手に入れた女は、次々と求愛者、もしくは求婚者が現れるはずである。なぜなら有名人が選んだ女性は、美貌、魅力がなみはずれていることをみんな知っているからだ。今度はじっくりと、相手を選べばいい。

有名人の女性といえば、今何かと話題のアパホテルの女性社長も、十数年前、まだブレイクする前にお会いしている。金沢に行った時、紹介してくれる人がいてお食事をご一緒したのだ。女性社長はパワフルなだけではない。実に気くばりをしてくれる方だったたっけ……。

そういえばおめにかかって嫌な人などひとりもいなかった。ワイドショーに出てくる顔を見

て、

「実はこの人、よく知ってるの」

と叫ぶ喜びは卑しいものであるが、嬉しさと晴れがましさで胸がいっぱいになるのである。

なんか自分がものすごく有意義な人生をおくっているような気がする。

………

カボチャの爪

忙しさがやっと一段落したので、美容院とネイルサロンへ出かけた。

美容院はなんと三ケ月ぶりということで、我ながら驚いてしまう。担当の人に、

「ハヤシさん、本当に伸びてますねぇ」

と呆れられた。が、このサロンはカットがうまいうえに、私はパーマというものをかけていない。だから多少長くなったとしても、そうみじめったらしくはなかったと思うのであるが……、そうでもないか。

そこへいくと、ネイルサロンの方は、二週間ぶりであるから、美容院よりもマシかもしれない。

ここのところ、私はずうっとカルジェルにしてもらっている。カルジェルは特殊な薬品を使い、熱でコーティングしていく方法だ。私は爪が弱く、ネイルをしてもらってもたいてい三日

で剝げ始めてしまうのだが、このカルジェルは二十日は持つ。長持ちして仕上がりも綺麗というので、この一年というもの、私のまわりの女たちもみんなカルジェル派になった。が、このカルジェル、難点があって、自分で取ることが出来ない。サロンの技術が必要なのだ。よって、

「ちょっとみすぼらしくなったなぁ」

と思ったとたんにネイルに行かなければ、次々と剝げてきてかなり悲惨なことになってしまう。

駅前のサロンで、いつものようにフレンチネイルにしてもらっていたら、ネイリストの爪に目がいった。

「わー、かわいい、ハロウィーンだ！」

ネイルアートで、おばけカボチャや、コウモリといった絵が描かれているのだ。

「私もちょっとしてもらいたいなァ」

と言ったところ、

「ぜひ！　ぜひ！」

と大喜びである。このネイルサロンは、住宅地の駅前にあるため、お客さんは地元の人ばかりだ。中年がほとんどで、みんな上品な色を塗ってもらうらしい。渋谷や六本木と違って、アートネイルをしていく客などほとんどいないようである。たぶんネイリストの人は、かなり欲

求不満に陥っているのではないだろうか。

「ぜひやりましょうよ。すっごくかわいいですよ」

いつになく熱心に誘われた。そして両親指に彼女と同じおばけカボチャと、月にコウモリを描いてもらった。

「でもこれ、十月三十一日を過ぎたらすぐに剝がさなくっちゃね。季節はずれっていうのはみっともないもの」

そう、着物の柄と同じ精神である。

さて次の日、三枝成彰さんと新幹線に乗って新潟に出かけた。今月十六日から始まる、エンジン01オープンカレッジin新潟のためだ。このオープンカレッジ、百人近い文化人が集まり、四十のシンポジウムが行なわれる。今年私は大会委員長を仰せつかっていて、チケット販売を盛り上げるため、三枝さんと記者会見にのぞんだのだ。

その合い間にテレビとラジオの取材を受ける。女性アナウンサーが、私の爪をめざとく見て叫んだ。

「わー、素敵！　ハロウィーンのカボチャですよね。なんてかわいいんでしょう」

「ほほ、大人の遊びっていうのかしら」

すっかり得意になった私である。

「だけどこういうの、いつまでもしてるとみっともないから、ハロウィーンが終わったらすぐに取らなきゃね」

「そうですね。早めにクリスマスバージョンに変えた方がいいですね」

などというやりとりがあった。

そしてハロウィーンの日となった。この日は早く帰って飾りつけをする。

それにしても、今年のハロウィーンは大変なことになった。いっきに人が増えたのである。今まで地元の子どもたちでこぢんまりと行なわれていたハロウィーンであるが、最近は噂を聞いてどっと人が訪れるようになったのだ。

ハタケヤマが言うには、帰る時に駅のホームに子どもがたくさんいたそうである。

「みーんな仮装しているコたちばっかり。あんなカッコして電車に乗ってやってくるんですねえ」

私の見たところ、女の子は白雪姫が多く、男の子は映画の影響でスパイダーマン、海賊が大人気であった。私の住んでいる街は、白人、ないしは白人のハーフのお子さんが多いので、仮装姿がとても可愛くてきまっている。白いウレタンを四角く貼り合わせたものを、体に巻きつけている白人のコがいたので、何？　と尋ねたところ、

「フリーザー」

という答え。扉にあたる白いウレタンを開けると、コークやハムがちゃんと入っていて笑ってしまった。

それにしても人が増えた。おまけに、二、三人のグループでなく、十人の団体でやってくるので、用意していた四百個のお菓子はあっという間になくなってしまった。

「じゃ、大急ぎで店仕舞しよう」

アルバイトできてくれた女子大生のコに声をかけ、大急ぎで飾りつけを取り、家のシャッターをおろした。

が、そのシャッターをどんどん叩かれる。

「トリック・オア・トリート（お菓子くれなきゃいたずらするぞ！）」

仕方なく家にゴロゴロしていたお土産のお饅頭、瓦せんべいなどをありったけ持っていった。歓声をあげる子どもたち。が、暗かったので、私のネイルに目を止める人は誰もいない。そしてあれから四日たった。私は未だ季節はずれのネイルをしているのである。剝がしにいく時間がない。やっぱりズボラな女がこういうことをしてはいけないとつくづく思った。

……

知らなかった……

電車に乗っていて、なんとはなしにドアの上の「沿線大学案内」というのを見ていた。まあ、世の中にはいろんな学校があるなあ、としみじみ思った。東京都内、あるいは近郊にあって初めて聞くような名前もいくつか。

まことに失礼ながら、田園調布学園大学って知ってました？　湘北短大っていうのも、ヤマザキ動物看護短大っていうのも知らなかった。が、これは単なる私の無知ゆえかもしれない。

ついこのあいだのこと、九州福岡出身の友人と話をしていた時のこと。私はふと尋ねた。

「このあいだ小説を読んでいたら、西南学院大学っていうのが出てきて、女の子の憧れのように書かれてるんだけど、あそこってそんなに有名なの」

「そうですよ。福岡じゃ九州大学がいちばんっていうことになってますけど、あそこは頭がいいからってお高くとまって好かん、っていう人が多いです。西南学院は成績もいいけど、金持ちが行く学校でみんな遊び慣れてます。東京でいうとケイオーでしょうか。私もそうですけど、博多の女の子は、みんな西南のコとつき合いたがりますねえ」

「へえー、本当」

なんだか妙に嬉しくなってしまった。日本中がすべて「右へならえ」になったら、すごくつまらないではないか。東京一辺倒ではなく、地元には地元の名門があり、そこでハバをきかせているというのは、とてもいいことだ。名古屋出身の編集者もこう証言する。

「名古屋っていったら、いちばん威張ってるのは名古屋大ですねえ。僕は上京して上智に来ましたけど、近所の人は上智なんて学校知りません。とにかく名古屋大を出てなきゃ駄目なんですよ」

そういえば名古屋には金城学院という名門お嬢さま学校があり、中学校からここに進んだ女の子は「純金」ということで、それは大切にされるそうだ。そう、かの有名になった「名古屋嬢」を輩出するところである。「名古屋嬢」は就職しないそうであるから、良縁を得られるかどうかの大きな鍵になるようだ。

「東京へ行ったコは、あっちの大学で何をしてるかわかったもんじゃないと、地元ではいろいろ言われますからね」

まあ名古屋まではわりと情報が入ってくるけれども、西の方になるとお手上げだ。東京には東京外語大という名門校があり、国立とすぐにわかるが、大阪外語大、京都外語大、どちらが国立かと問われて、答えられる東京人はあまりいないだろう。西の学校はよくわからない。京大は別として、私立では同志社がいちばんだろうとなんとなく思っていたところ、

「そんなことありません」

と若い人に否定された。

「〝関関同立〟って言われ、中で同志社がいちばんっていうことになってましたけど、最近は立命館ですよ。立命館がトップに立ったんですよ」

なんだかもう混乱してくる。そしてよその土地の学校の偏差値など、もういいか、という気になってくる。学校の価値というのは、そこに住む人が決めればいいことだ。今頃の季節になるとよくマスコミが「全国大学ランキング」というようなものを組むが、あれってものすごく無駄なような気がする。北海道から九州まで、目を皿のようにして数字を見ている人がいるのだろうか。地方での価値と、東京での評価というのはまるで違う、ということを私たちはもっと知るべきではなかろうか。

以前山口県で講演し、信用金庫で働く若い女性たちとお喋りをしたことがある。彼女たちのいちばんよしとする生き方は、山口大学出身の、地元の銀行か県庁に勤める人と結婚して、自分の実家近くに住むことなのだ。この考え方はどこの地方にも根強くあるものであろう。「山口大学」に、「秋田大学」や「山梨大学」がとって代わるだけだ。

学校もそうであるが、人の生き方だってものすごい「地域格差」というものがあって、私は

しばしば驚かされる。いや、格差という言葉は失礼か。「特色」といった方が正しいかもしれない。

以前、校歌の作詞をするために、福島県会津へ行ったことは、既にお話ししたと思う。男尊女卑なんていうもんじゃない。宿の部屋は、一緒に行った男性の半分ぐらいの大きさであった。その男性が私に気を遣って交換してくれたところ、宿の人に大きな部屋にだけあったテレビを持っていかれてしまった。それだけではない。朝、ご飯を盛るのもおみおつけをよそうのも、男性が最初なのだ。その人がたまりかねて、

「女性を先にしてください」

と申し出たところ、宿の仲居さんにきょとんとした顔をされてしまった。が、驚いたものの決して嫌な感じではなかった。「レディ・ファースト」などというものは、たかだか五十年ぐらいのもので、東京でだけ通用するものかもしれない。私たちが平気で使っているちょっと下品なジョークも、地方のシンポジウムなどではさーっと引かれてしまうことがある。私はそのたびに東京というグローバリゼーションに未だに汚されない、地方の健全さを感じるのである。

ただひとつ、離婚の多さに関しては、もう全国均一化されたと認めざるを得ないという感じであろうか。が、東京に住んでいる者が考えているよりも、ずっと地方の個性は豊かで、そして頑固である。だからこそ「全国都道府県クイズ」っていうのが流行り始めたのかもしれないな。

占ってみると

「類は友を呼ぶ」というのはよく言ったもので、私のまわりには占い好きが集まっている。

ついこのあいだも、突然友人から電話がかかってきた。

「ハヤシさん、私、今、〝○○の母〟って言われる、ものすごく当る占いの人のところから帰ってきたの」

道端でかけているらしく、後ろから街のざわめきが聞こえてくる。よっぽど早く、私に知らせたかったのであろう。

「当る、なんてもんじゃないの。あまりにもピッタシなので、私、怖くなっちゃったぐらいよ。でもねー、人気があり過ぎて三年待ちなの。私、三年待ってやっと見てもらったのよ」

「えー、三年もかかるの。それならばその間に運勢が変わっちゃうんじゃないの」

「でもね、その三年間のこともちゃんと当るのよ。私、ハヤシさんの分も予約しといてあげたからね。一年半後に日にち確認の電話が入るからねー」

「そりゃどうも」

私のまわりの人たちの特徴は、勝手に私の予約をしてくれることであろうか。

「それでねー、占いの先生が言ったの。もうじき大惨事が起こるから覚悟しときなさいって」

「それって大地震のことだね」

時々こういう予言をする占いの先生がいるからおっかない。が、私の予約を一年半先にしてくれたところをみると、それまでは大丈夫であろう。

「ハヤシさん、私の故郷にものすごく当る占いの先生がいるんです」

最近知り合ったばかりの人に言われた。一度もそんな話をしたことがないのに、私が占い好きだとすぐに見抜いたらしい。

「私、その先生に中学生の頃から見てもらってたんですよ。その先生、十四歳の私にいくつで結婚する、いくつで離婚するってはっきりと言いました。そしてそれは全部当ったんです」

その時初めて知ったのであるが、彼女は離婚したばっかりらしい。

「そんなに当るんだったら、私もぜひ行きたいわ」

「わかりました。すぐに予約いれましょう」

ということで、来年すぐ二人で四国のある街に行くことになっている。

我ながら本当に不思議であるが、このモノグサな私が、こと占いとなるとどこでも出かけてしまうのだ。

それは二年前のこと、親しい女友だちから電話があった。

「今、沖縄から帰ったとこ。あんなに当るユタさん、見たことない。マリコさん、私は本当に怖くなった」

ユタさんというのは、沖縄では非常にポピュラーな存在である。そこの家のあらゆることを占い、親切にアドバイスをしてくれるそうだ。

「マリコさんも絶対に行きなさい。私、実はマリコさんももうじき来ます、ってユタさんに言っておいたのよ」

そう言われても場所は沖縄である。その時私はいいことを思いついた。翌月那覇で講演がある。終わったらその夜、出かけるというのはどうだろう。

しかし私は沖縄の地理をまるで知らなかった。沖縄には鉄道がないことも思い出せなかった。結局私は、那覇の街からそこまで二時間タクシーをとばして出かけたのである。おかげで見料の五倍ぐらいタクシー代がかかってしまった……。

先週も友人から電話が。

「ハヤシさん、ものすごい占いの先生がいて、地方から上京してるんだ。日曜日には帰ることになっているから、その前に予約を入れといてあげる」

ぜひ、とお願いしたところ予約がとれた。それが日曜の朝、十時というのである。さあ、困った。私は土日の週末、いっさい仕事をしないことに決めている。出かけると夫の機嫌が悪くなるからだ。しかも先月、長く海外に行ってきたばかりである。日曜日の外出はかなりまずいだろう。そして非常に困ったことに、夫は大の占い嫌いである。そのために出かけることなど全く理解出来ない人種なのだ。

私は十時に予約してもらったものの、いつ夫に切り出そうかとドキドキした。金曜の夜に言おうかと思ったのであるが、タイミングをはずしてしまった。

そして土曜日もダメだった。こうなったら日曜の出かける直前に、パッと宣言しなければならない。日曜の朝、私は心配のあまり、ものすごく早い時間に起きてしまった。今、言うしかないか。いや、朝食まで待ってみよう。あれこれ悩む私は出来るだけ明るく、さりげなく言ってみた。

「ね、ね、午前中ちょっと二時間出かけていい？　二時間だけ。お昼までには帰るからさあ、お願い」

「なんで急に言い出すんだ。だいいち君の二時間は、いつも四時間になるじゃないか」

ねちねち怒られて、かなりむっとしてしまった。が、どうにかこうにか外出することが出来、都心のホテルに向かった。ホテルの一室で、巫女《みこ》のような格好をした占いの先生がいらした。家族の生年月日と名前を見て、すぐにおっしゃった。

「今夫婦仲、あんまりよくありませんね」

が、こんなの当りっていえるんだろうか。

「お金は出ていくのが多くて、少しも貯まりませんね」

というのもあたり前過ぎる。

もっとパーッと目の前が明るくなる結果が欲しい。それが何なのかわからないけれど……。

……… 裏方人間

世の中が、ミシュランの星がどうした、こうしたとかまびすしい頃、私は新幹線で新潟へ向かった。これから三日間、エンジン01文化戦略会議のオープンカレッジが開かれるのである。今回私は大会委員長という大役を担っているのでかなり緊張している。実はこのオープンカレッジ、地元の新聞社やテレビ局が後援してくれ、かなり宣伝をうってくれているにもかかわらず、チケットの売れゆきが今ひとつであった。ワンコイン五百円で一流の講師の話が聞けるというのに、出足が遅い。

「地方の人間というのは、前もってチケットを買っておくという習慣がありません。直前でなきゃ買いませんよ」

と地元の方はおっしゃるが、私たちは不安で仕方ない。よって事前に記者会見をしたりと何度も新潟を訪れていた。この時に食事の内容もしつこくリクエストした。

「講師のみんなはタダで来てくれるから、宴会と食事が本当に楽しみなんです。昼食は贅沢いいません。ただ新米コシヒカリのお握りと、鮭の焼いたの、熱いお汁をお願いします」

おかげで講師控え室には、お握りはもちろん、地元名産の笹団子とおせんべいもどっさり。

さて、このオープンカレッジ、企画委員長は秋元康さんである。百人近い講師を四、五人のグループに分け、それぞれの講座のテーマを決めていくというのは大変な作業だ。それなのにいつも（タダで）一生懸命してくださる。

まず一日めのオープニングは、大会場を使い、二つのイベントを行なう。二千人入る大会場を、いったいどうすれば満杯にすることが出来るだろうか。会議の席上、三枝成彰幹事長が言った。

「田原総一朗さんが、新潟だから田中真紀子さんを呼んで公開対談をしてくれるそうだよ」

みんな、それがいい、それがいいと喜んだのであるが、お二人のスケジュールの都合上ご出演は二日めとなった。それではいったい誰を……。

その時、秋元さんが言った。

「江原啓之さんに出てもらおう。あの人は大阪城ホールを、一時間でソルドアウトにする人だから」

そんなわけでエンジン０１に入会していただけませんかとお願いしたところ、快諾してくださったのは今年の夏のこと。江原さんには大人気の脳科学者、茂木健一郎さんとからんでもらい、二人で精神世界と脳の関係について語ってもらうことにした。この講座の人気は高く、「週刊文春」のたび重なるバッシングにもかかわらず、すぐに売り切れとなったのである。

が、この二人が二千人集めたとしても、このすぐ後で行なわれる二回めの講座はどうするか。

「ハヤシさんと秋元さんでなんかやってよ。面白いことやって二千人、帰らせないようにして」

三枝幹事長の命が下ったものの、二千人となるとかなりむずかしいかも。が、幸いギタリストの布袋寅泰さんが、私たちに加わってくれることになった。この布袋さんというのは本当にいい人で、彼のような大スターが、自分のコンサートの合い間に（タダで）二日間も参加してくれているのである。

「だっていろんな人に会えて、楽しいですから」

とさわやかに笑う。そういえば（とっくに思い出してるけど）、布袋さんが不倫騒動を起こした時、私はかなり意地悪なことを「週刊文春」のこのページに書いたものだ。それなのにごめんんね。本当に物書きって、こういうことばっかしてるから、世間を狭くしてるのね……。世間を狭くしてるっていえば、田中真紀子さんご出演の際も、大会委員長としてちゃんと挨拶しなきゃいけなかったのに、ほら、さんざん批判の文章を書いていたもんだから、コソコソしてしまってた私。それなのにさすがに真紀子さんは大物です。あちらから、

「大会ご成功おめでとうございます」

とお声をかけてくださったのである。

本当に今回ほど、自分の職業ゆえに肩身が狭かったことはない。

そして今回、よおくわかったことがある。私は表に出るよりも、裏方が向いている人間だということである。期間中私はコーディネイター役、つまり司会に徹したのであるが、これが実に楽しく、しかも見ている人から好評を博したのだ。

一回めのシンポは、布袋さんの他に話題の川島なお美さんが加わった。一見バラバラに見える四人、しかし共通点はあるはず。シンポはそれぞれの個性をひき出しながら、共通点によって普遍的な大きなテーマに向かって話を進めなくてはならない。私はこの後も三つのシンポのコーディネイターをしたが、こんなにむずかしくて面白いことはなかった。精神医学者、ユングの専門家、発生学の権威、女性作詞家という組み合わせの講座のコーディネイターをした時は確かに苦労したが、話をそう難解にせず、が、中身は濃いものに出来たような気がする。

しかし最終日のコーディネイトは、さすがに逃げ出したくなった。だって猪瀬直樹都副知事、陰山英男先生、藤原和博先生、和田秀樹先生、船曳建夫教授、新潟県知事、市長というメンバーで、教育問題について語り合ったのだ。

こういう時は弱気はダメかもしれない。田原さんになったつもりで、ぐいぐい話をリードしなくては。が、私にそんな力はなく、結局個性的な人々にひっぱられてしまった。

が、それにしてもコーディネイターってなんて楽しいんだ。私はパネラーとしてはたいしたことは発言出来ないが、優れた人から言葉をひき出すことは出来るかもしれない。本当に私は裏方の人間だとわかったこの三日間。受講者数は一万四千人という記録をつくった。

そして閉会式を終え、八時に着く新幹線で帰ったら夫に怒られた。

「何をしてんだかしらないけど、もっと早く帰ってこられないのか」

家でだってもとから裏方だしさァ。

……………

えらい人の奥さん

防衛省前次官、守屋さんの奥さんまで逮捕されたので、世間の人はみんなびっくりしている。ふつう奥さんまで司直の手は伸びないそうだ。

この奥さん、夫の地位を利用して、業者からゴルフや飲食の接待を受けていたという。絶対に許されるべきことではないが、新聞の「○○県の農家出身。高校卒業後、防衛庁勤務」という文章がひっかかる。いかにも、田舎の高卒の女が、亭主が出世したばかりにいいめを見て、というニュアンスが読み取れるからだ。これが「大臣令嬢、名門女子大卒。見合いで守屋氏と結婚」というのならば、世間の見方も多少違っていたような気がする。なにしろこの国の人々は、

「亭主の力をカサに着る女」

を激しく嫌うからである。

もう何年も前のことであるが、女友だちとオペラを見に行った折、ロビーでひとりの男性を紹介された。

「〇〇省事務次官の××さんよ」

そこへ彼の奥さんが近づいてきたので、次官は多少のミーハー気分を込め嬉しそうにこう言った。

「君、△△さんとハヤシマリコさんだよ」

その時の奥さんの感じの悪さは今でもはっきり憶えている。鼻もひっかけない、という感じで、

「私、ぜんぜん知りませんけど」

とのたまったのである。私もむっとしたけれども、私の友人△△さんはもっと怒った。彼女はその省の審議会委員を務めるいわば実力派の女である。

「次官の奥さんぐらいで、自分のことをナニサマだと思ってんのよッ」

あちこちで悪口を言いふらしたらしい。いわば権力者の正妻と、権力を握った女との戦いである。どっちが勝ったかというと、それからしばらく後、パーティーでくだんの夫人が近づいてきて、私の友人に謝罪したという。

「このあいだはごめんなさいね。私、なんか勘違いしてて」

きっと夫に怒られたのよと、私の友人は得意そうに言った。

これは最近のことであるが、年上の友だちにご飯に招待されたところ、そこにA夫人がいらした。日本を代表する超大企業の社長夫人である。が、えらぶったところはまるでなく、食事の後のカラオケでは、楽しそうに何曲も歌われた。傍にいる私は、前から知りたかったことを聞きたくてむずむずしている。

「あの、ご主人とはどこで知り合われたんですか」

「職場が一緒だったんですよ。私が入社した時、主人は既に勤めていました」

そうか、職場のふつうのOLだったんだ。

「その頃、ご主人がこれほど出世するって思ってましたか」

「いいえ、そんなことはありません。ただ、とても責任感が強い人でしたね」

そしてこうおっしゃったのだ。

「主人は確かにえらい人かもしれませんけど、私は違います。ただのおばさんですから」

これこそ人々が求める、理想的な「出世した人の奥さん」であろう。賢く、出しゃばらず、謙虚にふるまうことが出来る。

少し前までこういうことは、わりと簡単に出来たかもしれない。なぜならば、日本では奥さんが社交の場に出てこなかった。よって旦那さんだけをちやほやしていればよかったのである。けれどもこの頃は違う。すべてがあちら式になって、カップルで表側に出てくる。奥さんが表に出てくるようになれば、旦那と同じ場所に立つことになる。奥さんの資質が問われるのだ。

そこで守屋夫人のような女性も現れるのであろう。マスコミの報道によると、夫人はゴルフも賭けマージャン、お酒もお好きなかなり活発で華やかな女性だったようだ。こういう「夫人」とは反対に、時々失礼ながらとても地味な、あかぬけない奥さんがいる。詳しい人に言わせると、

「旦那の出世のスピードについていけず、社宅で暮らしている時のまんまの奥さんだそうだ。しかし日本においては、奥さんのチェンジは許されることではない。いくらえらくなったからといって、自分の地位にふさわしい女性を欲しがっても無理だ。アメリカのような「トロフィー・ワイフ」は、糾弾される。だから日本のえらい人は、陰でこっそり浮気し、奥さんにはえばるのであろうか。私にはよくわからない。

それは五年前のことであった。友人（会社社長）から、アジアのある都市でのコンサートへ一緒に行かないかと誘われた。もちろん小さなグループで行くのである。彼はちょうど離婚したばかりだったので、私はふざけ半分でこう提案した。

「あっちでは、私が公的な時だけ奥さんになってあげる。プライベートな時は知らないけどね」

あちらでは、彼の関係者から大歓迎を受け〝準夫人〟として扱われた私はいつもいちばん上座であった。モンゴル料理店へ行った時のこと、羊の丸焼きの頭の部分がこちらに向けられた。それだけでもヒェーッという感じなのに、主客は目玉を食べなければいけないと言われ、本当

に逃げ出したくなった。結局友人が食べてくれたのであるが、「えらい人の奥さん」と聞くと、いつも羊の目玉を思い出す。負け惜しみといわれても、「えらい人の奥さん」でなくてよかった。ちやほやされたり、親切にされるたび、夫の分、五分の四ぐらい差し引いて考える。そんな人生って何てつまんないんだろう。マージャンの時、わざとふってくれたことだってあったかもしれないしね。

………

クレーマーたち

地下鉄が表参道に到着すると、どっと人がドアに向かう。開くやいなや外に出ようとするのだがうまくいかない。入り口に立っている若い男が踏んばっているからである。おまけにこの男の子の肩から下げているバッグが異様に大きい。ドアの半分まで達している。おかげで人の流れが止まってしまうのだ。

「ねえ、ドアからいったん降りたらいかが。そうしないと人が出られないじゃないの」

という言葉を奥で呑み込む。今日び、若いコに注意したりすると、いったい何が起こるかわからないご時世である。

「待て、ババア」

とか言って追いつかれ、ナイフで刺されたらどうしよう。

「ハヤシマリコさん、地下鉄構内で口論の末、若い男に刺されて死亡」

などという記事を思い浮かべてぞっとする。かくしてもの言わぬ人になっている私だ。

最近、酒井順子さんの書いた「黒いマナー」という本を読んでいたら、なるほどと思う箇所があった。

この頃、アカの他人に注意することが出来なくなった。人々のそのフラストレーションがたまり、サービス業の人たちに集中しているのだと。

それは確かに言えるかもしれない。これまたクレーマーに関する本を読んでいたら、お客のクレームのつけ方というのは、もはや常軌を逸している。まともな大人のすることとは思えない。ファミリーレストランで、コーヒーのつぎ方が悪いから土下座しろ、特別のものをつくれと、無理難題を押しつけるらしい。

しかし、その一方でサービス業の人たちのレベルの低下も相当のものである。駅前のコーヒーのチェーン店でコーヒーを飲み終えて出口に向かう。この時カウンターの前を通過するのであるが、立っているスタッフからひと言も発せられない。接客で忙しいならともかく、カウンターに客はおらず、彼らはつっ立って正面を見ている。その真ん前を飲み終えた客が通り過ぎれば、「ありがとうございました」を言うのは当然のことではないだろうか。二百三十円のコーヒーだって客は客である。商いの家に育った私は、気になって仕方ないのであるが、もちろん何も言わないことにしている。

そして私のフラストレーションはどこで発散されているかというと、電話でのやりとりですね。買う方も買う方だと人は言うが、私は時々痩せるためのグッズやサプリメントを通販で求める。もちろん本名を使ってだ。するとブラックリストならぬデブのリストに入れられるのであろう、他のダイエット食品のセールスの電話がやたらかかってくるようになる。

「あなた、この電話番号をどこでお知りになったんですか。おかしいじゃないですかッ。この個人情報が保護される時代に、他の情報で知り得たことをセールスに使うなんて間違っていませんかッ」

などと顔が見えないのをいいことに、かなりきついことを口にしている私。反省しています……。

だが、うちの夫がパソコンの「お客さま相談室」にクレームをつける時のすごさときたら……。もう舌なめずりするような感じでねちねち責めていく……。いや、いけない、最近少し配偶者の悪口を言い過ぎるようだ。

それにしても、この数年、町をいきかう人々の殺伐さはどう言っていいだろう。人混みの中、人に押されたり、ぶつかったりした時、私などはごく自然に「すいません」とか「失礼」という言葉が出る。が、この頃たいていの人は無言で睨みつけるか、ぐっと体をぶつけてくる。若い人ばかりでなく、中年のおじさんも殺気立っている今日この頃、おっかなくてとてもクレームなんかつけられない。

それでは昔はどうだったかと思い出すと、二、三十年前、私ら若者は結構外で叱られていた

はずだ。大学生の頃、テニスの練習に行き、バッグを電車の床に置いて数人でお喋りしていたら、

「棚に置け、棚に。歩けないだろ」

と知らないおじさんに怒鳴られた。

友人と拡がってだらだら歩いていたら、後ろから主婦らしき女性に、

「もっと早く歩いて。邪魔なのよ。全く学生さんってだらしなく歩くんだから」

ときつく言われた。

もちろんその時はむっとするが、少なくともひとつのことがわかってくる。それはいろいろな人に見られているということである。マナーに気をつけよう、などと殊勝なことを考えるわけではないが、まあ、他人からは怒鳴られたくないとぐらいは思う。今の時代、あれだけ怒鳴る大人がいたら、少なくとも電車の中で化粧をする女の子は出現しなかったはずだ。言葉を発しない人は、存在しないと同じことなのだから仕方ない。

そう、そう、人は文句を言わなくなった替わりに、インターネットを使うようだ。私はパソコンに触れないのでわからないが、どこかにアクセスすると個人やお店へのがびっちり書き込まれているようである。

私の電話のクレームなどまだまだかわいい方かもしれない。

今日、無線のタクシーを呼んだ。ドアが開くなり驚く私。シートが思いきり後ろに倒してあ

る。わずかな隙間はどう見ても、客を拒否しているようだ。

「これ、シートを前に直してくれませんか」

「やり方がわからない。そんなことを言われたのは初めてですよ」

が、私は釈然としない。黙って乗り込んだが、信号で止まった時、隣りのタクシーを指さして言った。

「ほら、この角度、隣りの車と比べてくださいよ。おたくは、後ろの窓の桟から越えてるの、わかりますッ？」

私もかなり言ってるかも。

……………

天才監督誕生

テレビの威力をまざまざと知らされた週であった。

超人気番組「ＳＭＡＰ×ＳＭＡＰ」に出演したところ、会う人、会う人、すべてといっていいぐらい、

「見たわよ」

と声をかけられたのである。

いつもは歩いていても、地下鉄に乗っていても、ジロジロ見られることはない。が、今週は違っていた。電車に乗っていると、痛いほどあちこちからの視線を感じるのである。

メールもいっぱいきた。手紙ももらった。「また太りましたね」なんていうのもあり、かなりムッとする。

あたり前のことであるが、テレビというのはなんと多くの人が見てるんだろうか。他人ごと

のように言う私も、テレビは大好き。冬の夜、ソファに寝っころがってドラマを見ていると、つくづく幸せを感じる。

が、最近、もう少し映画を見なければと反省するようになった。この何年か、映画のサイクルがとても早くなり、見ようと思うともう終わっている。その代わりＤＶＤになるのがとても早く、よくコンビニで買うのであるがなぜか釈然としない。ちゃんとスクリーンで見なくてはと心に決める。

けれども映画を見るのは本当にむずかしい。私のように、仕事でコマギレに時間が空く人間にとって、「入れ替え制」はあまり歓迎出来ないシステムだ。昔のように、もうちょっとゆるくやってくれればいいのに。

銀座で対談の仕事を終えて時計を見る。二時二十分。もしかすると二時四十分から見られるかと思い近くのマリオンへ行くと、三時四十分からだと。時間をつぶすためにショップに入ったら、つい大きな買物をしてしまった。

「全く、もっと映画が早く始まってくれたら、こんなにお金を遣わなかったのに」

とぷんぷん怒るのは、筋違いというものであろう。

この頃日本映画が活況を呈しているということだが、あまり見ない。なぜかというと、二時間スペシャルドラマとどう違うの、と思うようなものばかりだからだ。あっという間に公開されあっという間に終わってしまう。

今、こういう日本映画が年間数百本だか製作され、映画館がとても足りないそうだ。プロの監督として訓練される間もなく、若いズブのシロウトが、その感性だけでつくってしまう映画。私はそんなのまるっきり見たくない。だから和田秀樹さんが映画を撮っていると聞いて、やめればいいのにと内心思っていた。

精神科医としてよりも、最近は「受験の神さま」として知られているワダ先生と知り合ってもう三年になるだろうか。今では最も仲よしの男友だちのひとりだ。

灘高から東大の医学部を卒業したりすると、たいていは鼻もちならないぐらいイヤな人になるものであるが、この人は違う。突っ込みどころ満載の「脇が甘いヒト」でかなり面白い。よく言うとものすごく「可愛気のある人」なのである。正直で無邪気でワインが大好き。そして大変なロマンティストである。もうめんどうみてあげなきゃならない弟のようだ。

「医者になるよりは、本当は映画監督か作家になりたかった」

と夢を語ってくれたことがある。そしてお金を貯めてきっと映画を撮るのだと言った。それはあくまでも夢だと思っていたところ、ワダ先生は本当に映画をつくったのである。タイトルは「受験のシンデレラ」だと。なんてベタなんだ!

以前お話ししたと思うが、この映画に東大生の母として私も友情出演している。カリスマと言われ、東大生を数多く誕生させている予備校の経営者が、癌に侵され、余命一年と宣告される。彼はふと入ったスーパーで、少女と出会う。お菓子を三個買った彼女は三百円払う。すると二円だか三円足りない。今度は一個ずつ買ってレジを打たせる。すると消費税の端数が切り捨てられるため、三百円で買うことができるのだ。なかなか頭がいい。

この高校中退の貧しい少女を見て、男は決心する。

「よし、俺の残りの人生、このコに賭けてみよう。この子を東大に入れるために、俺のありったけの知識をつかおう」

そして男と少女との「あしたのジョー」ばりの特訓が始まる……。

しかしこう聞いて期待する人はまずいないだろう。見ようと思うのは受験生を持つ母親ぐらいのはず。

「どうせつまんないシロウトさんの映画よね」

と私は思い、自分が出ているにもかかわらず試写会を三回もすっぽかした。ところがこの映画、見た人がみんな泣いたというのである。脚本家中園ミホさんでさえ、試写会の帰り、私にメールをくれた。

「号泣しました。ハヤシさんも絶対に見なきゃダメ」

ということで、先日のエンジン01、オープンカレッジin新潟の会場で上映したところ、いやあ、本当に泣けました。ワダ監督、奇をてらわず、オーソドックスにつくっているが、人の心のツボがちゃんとわかっている。さすが医者だけあって、延命の医療行為描写もきめがこまかい。

「すごいよ、ワダ先生は、天才だよ」

と言ったら、てへへと嬉しそうに笑っていたご本人から、三日前海外からのメールが。

「ハヤシさん、やりました。モナコ国際映画祭でグランプリをとりました」

そして彼のいいところは、私へのリップサービスを忘れないところ。

「冒頭のシーン、ハヤシさんの顔を知らないこっちの人たちにも大ウケでしたよ」

それじゃ、助演女優賞もらえるかしらんとメールをうつ私。それにしても映画は不思議だ。何の経験もないのに、処女作でこんなものをつくれる。小説家にも時々いるけど、シロウトさんと見くびってた自分を反省した。今度はちゃんとケータイ小説を読もう。

初出　「週刊文春」二〇〇六年十二月二十一日号〜二〇〇七年十二月二十七日号

林　真理子

1954年山梨生まれ。日本大学芸術学部を卒業後、コピーライターとして活躍。82年エッセイ集「ルンルンを買っておうちに帰ろう」がベストセラーとなる。86年「最終便に間に合えば」「京都まで」で第94回直木賞受賞。95年「白蓮れんれん」で第8回柴田錬三郎賞受賞。98年「みんなの秘密」で第32回吉川英治文学賞受賞。主な著書に「葡萄が目にしみる」「戦争特派員《ウオーコレスポンデント》」「不機嫌な果実」「anego」「美女入門」「初夜」「野ばら」「本朝金瓶梅」「グラビアの夜」などがあり、現代小説、歴史小説、エッセイと、常に鋭い批評性を持った幅広い作風で活躍している。

美貌《びぼう》と処世《しよせい》

2008年3月30日　第1刷発行

著　者　林《はやし》　真理子《まりこ》

発行者　庄野音比古

発行所　株式会社　文藝春秋

〒102-8008　東京都千代田区紀尾井町3-23

電話　03-3265-1211

印刷所　凸版印刷

製本所　加藤製本

万一、落丁・乱丁の場合は送料当方負担でお取替えいたします。
小社製作部宛、お送り下さい。定価はカバーに表示してあります。

ISBN978-4-16-370070-0